青春の大地

中村汀女を師と仰いだ吉野人の軌跡

宮川　美枝子

序　文

この度、宮川美枝子さんが岩田まさこさんの一生記、俳句の評伝を書き上げられた。

宮川さんとは句会で二、三度お会いしただけのご縁なのであるが、岩田まさこさんが俳誌「未央」に長年投句されていたということで、「未央」主宰のわたくしに序文をという依頼となった次第。六年越しに完成した岩田まさこさんの一生記を拝読。そうであったのかと、知らないことばかりであった。

わたくしが岩田まさこさんと初めてお会いしたのは、昭和も終わり平成になったころ。まさこさんは俳誌「未央」の前身である「磯菜」からの俳人であった。

わたくしの母ぐらいのご年配であり、吉野から未央句会のある大阪まで、一人で来られていると知り、熱心な方だなあと思っていたくらいであった。その後、平成二十三年にわたくしが主宰となってからも、もう相当なご年齢であったが、大阪までお一人で句会に参加して下さった。それどころか、自身の庭に咲く四季折々の花を、あの小さな体に抱えるようにしてご持参くださったり、あるときは山で採れた栗の実を沢山送ってくださったりと、その句会を如何に盛り上げようかと、いつも心を配っていてくださった。

年用意先づは亡夫の書斎から

岩田まさこ

この俳句を「俳句四季」の特選に選ばせていただいた折の、まさこさんのお言葉が胸に沁みます。「俳句とは私には神仏であり、我が心の埃を祓うていただける唯一の授かりものであると信じて止みません。人間の怒哀を調節してくれるのが俳句と信じ、今日に至っている」と書かれているのです。

宮川美枝子さんの岩田まさこさんに対する思慕の情と、まさこ俳句に対するしみじみとした味わいの文章に感動し、感謝申し上げます。この評伝の結びのまさこさんのお言葉を以て、この序文を締めくくりたいと思います。

「俳句とは宇宙の縮図であり、極まりない宇宙の感動を発見して詠み上げ、共に喜ぶこと。ここに来て、やっぱり自然を俳句に託して、私なりに生かされている喜びをたどたどしくも掴んでゆきたいと思っている」

令和四年一月吉日奈良にて

「未央」主宰　古賀しぐれ

目次

第一章　出発

中村汀女を師と仰いだ岩田まさこは、「ゆで玉子むけばかがやく花曇」の句を暗記していた。俳誌「未央」平成二十二年一月号に、彼女は「心に残る句」としてこれをあげている。

「……『自選自解　中村汀女句集』で、この句に出会ったときの感動と親しさに今は亡き母の面影が、子供の頃の思い出として、活き活きと甦ってくるのである。

花見のシーズンが来れば『吉野まいり』といって、晴れ着を着て、漆塗の重箱に母の愛をいっぱい詰めてもらって、一年に一度の吉野山の花見に連れて行ってもらった。お重には庭で飼育していた名古屋コーチンのゆで玉子が添えられてあった。下、中、上の千本の花の美しさもさることながら、一張羅を着せてもらい、開ける重箱の中が嬉しく、ゆで玉子が特に嬉しかった。普段はなかなか戴けないゆで玉子の皮を、つるりと剥がした時のあの輝きが忘れられない。また、学芸会や運動会もそうであった。競争で一等賞を貰った時などの、ゆで玉子の輝きは特別であった。

掲句は、花曇とゆで玉子の光り合いに、花見のなんとも言えないなごやかさが滲み出ている。熊本から、御主人の出張勤務のため、転々とされていた頃の仙台での花見のご様子だが、五七五の中にお子様との仕合わせが、いっぱい詰まっている家庭俳句である。

戦前戦中戦後、四人の子の母として家の商売と大阪通勤との一寸きざみの生活の中を覚つか無いながら俳句を続けられたのも掲句に出合ったお陰が多々あると思っている。私は、どんな時も、俳句に励む時もこの句を諳じている。

九月二十日は汀女忌、そしてわが誕生日、という訳ではないが、初学から今日まで私の心の中に住みついている一句である。」

まさこの家は奈良県吉野の橋屋に立っていた。橋屋という場所は南北朝時代、吉野城の前衛一の坂塁があった。

吉野城の前衛として、六田、左曽、橋屋、丹治、飯貝に「塁」と呼ばれた砦が置かれていたようである。

彼女の家のある下橋屋周辺は吉野山の登山口にあたり、一の坂下には人力車のはな引きや後押しのため大勢の人夫が待機していたとも伝えられている。

この通りに一の坂組という名前のついた建設会社の看板が上がっている。その時の名残のものであろう。

彼女の家の横を流れる左曽川には短い橋がかかっており、橋には「ふなやまばし」と刻まれていた。船着き場があったのだろう。

その昔、六田までしか近鉄電車が通っていなかった。六田で降りた客は柳の渡しから小舟に揺られ橋屋まで来た。そして吉野山へと登る。

左曽川の根源は、吉野山から流れ出た水である。その水は左曽を通り彼女の家の横を流れ、やがて吉野川へと向かう。

昔はこの小川にも蛍が何匹も生息していたらしい。今でも夏には蛍が翔ぶという。夏は吹き降ろしてくる山風と吹き上げる川風が涼しい。また傍の小川にも涼しさが増す。その分、冬は寒い。

彼女の家の前には左曽に向かう山道があった。そこを上がっていくと吉野山へ達するらしい。一番奥の吉野山へ登る坂道を「セビ坂」といい、南北朝時代に吉野城の要塞があった所で、付近の谷は「地獄谷」と呼ばれ、この当時の激戦地として伝えられている。

吉野に城があったとは私は思ってもみなかった。吉野は桜で有名だが、今ある世界遺産の吉野山は昔の人の血と骨が大地と化し、木となり林となり森となり山となって潤っているのではないだろうか。私はそんな気がしてならない。

平成二十七（二〇一五）年の秋、初めてお会いした岩田まさこは話し好きな小柄なおばあちゃん。その人懐こい笑顔に私は吸い込まれた。

雛人形のような顔立ちをした彼女は、軽々と私に言う。

「幸い膝が丈夫なので月四回の吟行には大阪まで独りで行っています」

四人の娘に恵まれた彼女は、長女家族と同居していた。

「母は郵便局に行った時、二百枚も葉書を買うんです。文具売場に行った時は、大学ノートを二十冊も一度に買うんですよ」

その長女は、はにかみながら誇らしげな顔だ。

「郵便局や買物には、度々一人で行けないものですから、連れて行ってもらった時に纏めて買っています。葉書は俳句の投稿用に使います。大学ノートには一日三十篇ほどの俳句を詠んで、その中から推敲して各新聞社へ毎週投稿しています」

淡々と彼女は私に語る。

間断なく彼女は俳句を詠んでいるのである。まるでゲームを楽しんでいるかのように俳句を……

俳句に対する情熱に私は驚愕した。

戦前、戦中、戦後を生き抜いた雄々しい心の持ち主である。俳句三昧、投稿三昧の日々だ。話し方もしっかりしている。腰の曲がっていない容姿からは七十代半ば位にしか見えない。

彼女から私宛に便りがきた。お願いした「未央」に掲載された彼女の俳句のコピーと一緒に。はっきりとした文字で私の宛名が書かれている。裏面には彼女の名前と、電話番号までも書かれてあった。彼女の性格があらわれているようだ。

文面には、

「……俳句のあるお陰で世間の事もあまり気にすることなく楽しく過ごしています。

私にとって俳句はいと簡単で行き尽くところの無い怪物だと思って、暇々をなだめております。

またお会いできる日をお待ち申し上げています」と。

俳句は彼女を魅了する怪物だったとは……。私の意表をついた言葉である。俳句を怪物という彼女は、並外れの努力家である。

今や俳句は各大陸に愛好者がいるほど人気が高く、世界の人々に俳句が親しまれている。日本

EU俳句友好大使をしているヘルマン・ファンロンパイは、これまで二冊の句集を出版されている。日本で誕生した俳句は、世界への階段を駆け上がろうとしている。

世界で最も短い文学である俳句は、人々に暗唱されやすく、日常会話の中で口ずさみやすく、耳で味わえる。特色は季語を入れることで、自然をうたいあげることができる。誰でもすっと入り込め間口が広いが、奥の深い世界である。まさに岩田まさこの俳句の世界がその事を物語っていよう。

稜線をゆっくりすべる冬の月

まさこが詠んだこの句は、「ザ・俳句十万人歳時記」に収録されている。

平成二十七（二〇一五）年師走、私は「ザ・俳句十万人歳時記」のぶ厚い本を返すために、彼女の家を訪問した。いつもは曇天から雪になる吉野だが、暖冬で雨になりそうな気配である。

戸を開けると、同居している彼女の長女が出てきた。

「どうぞこちらへ、今裏の畑で草を引いていますので呼んできます」

私と似た年齢の長女は、部屋の中に入るように勧めた。入ってすぐの所に応接間を兼ねた掘炬燵の居間があった。その奥が長女の仕事場のようだ。パソコンなどが置いてある。大きな窓の向こうに、吉野川を挟んで近鉄吉野線の電車が走っているのが見えた。吉野も数日前からめっきり寒くなり紅葉が鮮明になってきた。

彼女はこの椅子に腰を掛け、山、川を眺めながら、毎日俳句を詠んでいるのだろうか。

ここからなら、吉野川を挟んで真向かいの山の変化、鉄路を行く近鉄電車の音、吉野川の流れ、行き交う人や車まで見渡せる。

そんなことを考えながら、川向こうを走るオレンジ色をした二両編成の近鉄特急を見ながら、まさこを待っていた。

暫くして、小柄な彼女がにこにこしながら部屋に入ってきた。

「自分の洗濯をしてから、畑の草を引いていました」

「お偉いですね」

実の娘と同居しているのに何故と、私は思った。

「運動のためにしているだけですよ」

きびきびと、彼女は楽しそうである。

髪は少なくなってきているように見えるが黒々している。しかし眼鏡はかけていない。

椅子に腰をかけた彼女は話す。

「昔は六田までしか近鉄が走っていなくて、柳の渡しから船で橋屋に来たのです。この辺は吉野山に行く途中で、大阪でいうと千日前なみの混雑でね、温泉宿がずらりと並んで栄えていたんです。吉野城の石垣だけは今もあるのですよ。吉野川を筏を組んで、木を運んでいました。私の家は昔、両替屋をしていましてね」

彼女は話し始めると止まらない。両替屋というのは今の銀行である。

「今、朝ドラで『あさがきた』を放映しています。それと同じですね」

当時、放映されていたNHKの連続テレビ小説である。私は見ていたので話したのだが、彼女が見ているかどうかは曖昧だ。

世間話を暫くした後、私は切り出した。

「長年俳句を詠まれてこられたのですから、句集にして後に続く人のために残して下さいよ」

「私も、一冊も句集がないというのは寂しいと思います。歳ですからいつまで生きられるか分からないし。長年やってきましたから、俳句はたくさんあります」

今まで句集のことを話すと謙遜だけだったが、今日はどうもようすが違う。

「吉野に来てから、『広報よしの』で拝見した岩田さんの俳句を勉強させて頂きました」

私はA４判の紙一枚に纏めた彼女の俳句を差し出した。

町の広報誌には文芸欄がある。そこに、俳句、短歌、川柳のコーナーがあって、毎月掲載されている。

「そんなこと言ってくれるのは貴女だけですよ」

そう言いながらまさこは急に席を外した。

炬燵を囲み一緒にいたまさこの長女に私は話しかけた。

「人はみな何時か死んでいきますが、書いたものは残ります。長年お母さんが俳句に注ぎ込んできたものを後世のために、活字にして頂ければと思っているんです」

「私は絵を描いていますが、母の書いたものは今まで読んだことがありません」

さらりと話す長女は、まさこに似た体型だ。

「絵も俳句も根底に流れているものは、私は同じだと思っています。表現方法が色彩か文字かの違いです。お母さんの血を引く人が、お孫さんやひ孫さんにそのような人がおられるかもしれません」

二人で喋っている間に、まさこは掲載され書き写してあった十二、三冊の句帖を、両手に抱えてきた。

私と長女との話を聞きながら部屋に戻ってきたまさこは言う。

「私も絵が好きなんですよ。でも大きな画材と油絵具を持ってあちこちに移動するのは大変だと思ったのです。俳句だと鉛筆一本で何処へも行けるでしょう。今まで掲載された句を書き留めたものです。誰にも見せたことが無いのですよ。読んでいただける文字かどうか分かりませんが、入選句だけ残っていれば良いと思って、下書きしていたノートは全部処分しました」

今住んでいる家が昭和三十四年の伊勢湾台風（一九五九年九月二十六日）で床上浸水し、中村汀女を師に通信で学んでいたものが水浸しになったと、聞いたことがあった。気の毒で、それ以上は聞かなかったが書き写して保管している可能性はあると思っていた。

伊勢湾台風の記憶は私にもある。

当時、中学一年生の私は、通学していた柴橋中学校が床上浸水した。教室には、浸水が引いた後も特有の匂いが充満していた。実家である北楢井の川辺からは死体があがったほどの大型台風だ。

この頃、まさこは既に俳句と向かいあっていたのである。吉野生まれ、吉野育ちの彼女はどのような俳句を詠んでいたのだろうか。

一番上にあった紫色の句帖を拝見した。入選句がびっしりと書き込まれていた。筆ペンで一ページに五句ずつ、丁寧な文字で書かれている。

「大切な句帖ですので、今日は二冊だけお借りして、また次回お伺いした時に続きを拝見させて下さいね」

私は彼女の家を後にした。途中から降り出した雨が上がっている。四時を過ぎた師走の吉野の日暮れは早かった。


自宅に戻った私は、彼女から借りてきた句帖の一行目を見た。

小学六年生の時に、まさこは初めて俳句を詠んでいた。

寺の屋根白もくれんの花咲けり

昭和初期の着物姿の彼女を想像した。

大正十二（一九二三）年九月二十日生まれのまさこは、私の母より一つ上。そんなこともあって、私は親近感を覚えたのである。

まさこと俳句の出会いは、彼女の父方の姪が「奈良河鹿」の俳句メンバーであったことによる。姪がまさこの家を訪問した折、俳誌を持っていた。

まさこの傍に無造作に俳誌を置いたまま、姪がいなくなった。なにげなく彼女は覗いた。そこには俳句が掲載されていた。このような句なら私にも詠める。詠めるに違いない。

四人姉弟の中で誕生した彼女は、小さい時から負けず嫌いであった。

日常の何気ない一瞬の出会い。この出会いがまさこの創作意欲に矢を放ったのである。

吉野の夜空に煌く天の川のように、俳句の世界へと彼女は誘われていく。

吉野瀬を斜めに走る天の川

二十歳の時、林材会社に勤めていたまさこの句である。

彼女は女学校卒業後、洋裁学校で約三年半学んでいる。その後、代用教員の研修を受け、下市町で国民学校の先生として、一年半教壇に立つ。

当時、彼女の家は荒物屋をしながら、祖母は和裁の先生として、自宅で生徒に教えていた。そんな環境で、まさこは成長した。

二十一歳になった彼女は結婚をした。彼女には一歳違いの姉がいたが既に結婚していた。まさこの下に弟、妹がいたが流行病で亡くなった。そこで同じ両替屋をしていた家から婿養子を迎え、思っても見なかった家の後継ぎとして、新しい人生の出発をしたのである。

第二章　助走

暖房の事務所白梅咲き始め

昭和四十五（一九七〇）年二月「主婦の友」、中村汀女選の「通信俳句講座」で、この句を詠んでいた。まさこは四十六歳であった。

夫は室内装飾の会社に勤めていたが、独立をして会社を設立した。

世は高度成長に向かって回転をしていた。この時、夫の会社の経理事務員が結婚を機に退職をする。そこでまさこは末娘が三歳になったのをきっかけに、家事を同居の実母に任せ、経理を手伝うようになった。

彼女は朝六時前に家を出て、九時に会社に着くという日々を送るようになる。

夫は五時になると帰宅したが、経理の収支が合わないとまさこは遅れることもあった。

夜釣火の見ゆるゐる窓にビール酌む

この句は昭和四十五（一九七〇）年の印象深い句である。彼女が寛ぎながら夜釣を見ていたのである。

名月に久しき友の訪ね来し

名月の句は昭和四十七（一九七二）年に詠んでいた。澄んだ夜空に名月が大きく見えたことであろう。また吉野の冬は底冷えがして格別に寒い。人通りの少ない道に靴音、誰だろうかと耳を欹てていたのかもしれない。

昭和四十五、六、七年に詠んだまさこの句の中より五句が、「主婦の友通信教室」の「俳句講座会員第一回合同句集」に収められている。「くずかづら」という題名だ。「樹林」と題し、九百二十八名の俳人が参加した句集である。あとがきには「専門俳人の作品でなく、一般生活者の生活がにじみ出た句ばかりであるところに、他にない価値と興味がある」と記されていた。

昭和四十八（一九七三）年九月二十日、まさこは誕生日を迎えた。

今日よりは五十路となりぬ萩の庭

今や百歳を生きる人が多い。長生きの家系のまさこはちょうど折り返し地点である。

昭和五十（一九七五）年五月三日、吉野町は町制二十周年を迎えた。彼女の住む橋屋は旧の吉野町。旧上市町、吉野町、中荘村、国栖村、中龍門村、龍門村の六ヵ町村が合併して吉野町となった。

腕相撲孫に負けしも縁涼み

夏休み、孫との語らいを詠んでいた。同居している長女夫妻には一男一女がいる。男の子は小さくても腕力がある。

金杯に父は長寿の酒を酌む

五十一歳のまさこは父を詠んでいる。彼女の父は水車で小麦を粉に挽いて交換するのを生業としていた。また荒物屋もしており、今のスーパーで買える砂糖や塩も販売しており、飴なども扱っていた。田舎にしては恵まれた暮らしである。

嫁入りの荷にしたがひて菊日和

四人の母でもある彼女は嫁ぐ子を慈しみ詠んでいた。田舎の女性は、高校や専門学校を卒業して二、三年勤めた頃、大半は結婚する。嫁がせるのは、母親にとってこの上ない喜びであると共に責任でもある。花嫁衣装を着けた娘は人生で最も美しい時。しかし父親にとって、手塩にかけ育てた娘が自分の元から離れていく寂しさを感じていたに違いない。

大いなる地球の表鰯雲

この句は昭和五十一（一九七六）年十一月二日、「奈良新聞河鹿俳句」に掲載され、選者は磯野充伯である。まさこの鰯雲の捉え方が巧みだ。

秋燈や仏の御目伏せ給ひ

同時期、「いそな」十一月号にこの句は掲載された。選者は中村若沙である。
若沙は俳句に感心を抱く女性が多くなったことに鑑みて「いそな」を創刊した。
「主婦の友通信俳句講座」で中村汀女に彼女が添削を受けていた俳句、昭和五十二（一九七七）年から（第六十六回目から百八十回目までの）十年分が保管されていた。伊勢湾台風以降のものである。昭和五十二（一九七七）年三月二日、第六十七回目の「主婦の友通信俳句講座」の句がある。

原　句　眠る山神の太鼓のひびきあり
添削句　眠る山神の太鼓のひびきけり

「ひっそりと静まる山中に太鼓のひびき、対照的でおもしろし」と、汀女の言葉である。下五の「あり」を「けり」と、した。
汀女は当時七十七歳。まさこは五十三歳で親子の年齢差である。
次の句も「主婦の友通信俳句講座」で詠んでいた。

原　句　我が郷の楽しきひびき春の川
添削句　ふる里や音たて流る春の川

「春の川音が具体的になって立体感が出たと思ひます」と、汀女は指摘する。

こうしたアドバイスが、まさこをやる気にさせた。

梅雨茸の生ふ山の辺の道一人

この句は六月十四日「日経新聞」の俳壇に掲載された。

当時、中村汀女は「日経新聞」の選者をしていた。「そのかみの人たちもこの道のここらにて梅雨茸を見つめていただろう。『一人』その道は今よりもっと寂しく、もっとひたすらな歩みであったろう」と、言葉を添えている。

次の句は「主婦の友通信俳句講座」で詠んでいる。

原　句　緑陰の走り根に掛け蝶としばし
添削句　腰下ろす緑陰深き走り根に

「緑陰」に的をしぼって、蝶は省きませう」と、汀女は添削をした。具体的で解りやすい指摘である。

由緒ある檜はだの屋根の苔の花

六月十二日、まさこはこの時期から「奈良探勝句会」の吟行に参加している。この日は三十二回目の集まりで、会場は天理市修学旅行会館である。梅雨の晴れ間に奈良盆地が見渡され、大和三山が島の如く浮かぶ展望を楽しんだ。

選者は「いそな」を創刊した中村若沙である。

献灯や筧のひびき秋の声

虫時雨魚の香も来る橋の上

この二句は「主婦の友通信俳句講座」で詠んでいる。「感覚も新しく二句とも結構です」と、汀女は二句をすんなりと褒めた。添削用紙は、A欄、B欄があり、二句を詠むことになっていた。たいてい一句に添削が入り、後の一句はそのままである。今まで二句を褒められたことは無かった。少しは上達したのかも知れないと、まさこは喜んだ。

山川の水引く植田音たてて

「主婦の友」十月号で、この句は佳作となった。
昔はすべて手植えで一族総出で行った。植田とは田植えが終わったばかりの田である。苗はまだ短く、たっぷりと張った水に周りの景色が映っている。
彼女は毎年のように田植えをし、また手伝ってその光景を詠んでいたのだろう。

山の辺の道の澄みたる落し水

この句は長岳寺で催された「奈良探勝句会」で詠んでいた。会場は天理市柳本専行院である。秋晴の吟行日和で、六月に参加して以来充実した時を味わったまさこは、主催者のひたむきな情熱に惹かれていったのである。

蔵王堂よぎりて羽根の舞ひ上り

昭和五十三（一九七八）年一月、まさこは蔵王堂を吟行している。この年から、彼女は「風花」にも投稿していた。「風花」は昭和二十二（一九四七）年四月、中村汀女が四十七歳の時に創刊した。汀女の俳句は「台所俳句」と言われ、主婦の俳句人口が一挙に増えた。

この句の蔵王堂の正式名は金峯山寺と言い、自然木の柱六十八本が林立している。平成十六（二〇〇四）年に、「伊勢山地の霊場と参詣道」の名で世界遺産に登録された。まさこは自宅から近い吉野山の国宝、蔵王堂に四季折々、吟行に来ていたのである。

次の句は「主婦の通信俳句講座」で詠んでいる。

原　句　夜廻りの拍子木弾き寒の月
添削句　夜廻りの拍子木ひびく更けし町

汀女は「季語はなるべく重ねないように」と、指摘した。

「夜廻り」と「寒の月」が季語になる。季語は俳句への入口。少しは上達したかと思っていたが、初歩の季重なりを指摘されるようでは、まさこの目指す道は遠いようだ。

翌月も「主婦の友通信俳句講座」で詠んでいた。

原　句　川下へ鷺影落とし春の水
添削句　春の水立つ鷺影のゆらぎつつ

「一寸表現が不十分で意が不明瞭。鷺が飛び翔つ影ですか。添削は一例です」と、汀女は指摘した。
吉野川の雑魚を狙って年中、鷺が飛来する。

朝東風でありし煙の皆斜

吉野町は、奈良県のほぼ中央に位置し、龍門山地と吉野山地等に囲まれ、吉野川の中流域。冬、山風と川風が唸るように吹く。風のある日、ない日も地場産業である製材所からは、煙が上がり風情を添えた。次の句は「主婦の友通信俳句講座」で詠んでいた。

原　句　老い父は明治の辞書もて花便り
添削句　老い父は明治の辞書ひき花便り

「辞書ですから『ひき』としました」と、汀女は添削する。いつの世も花を求め吉野へと人が訪れたようだ。次の句も「主婦の友通信俳句講座」で詠んでいる。

原　句　草苅女きつちり手早く刈進む
添削句　草刈女手早くたしかに刈り進む

汀女は、「たしかにとしました。きつちりは、ややあいまい」と、指摘した。
吉野は山と山の間を川が流れ、川に沿って国道一六九号線が走っている。山側の道沿いに家がひしめき合うように立ち並ぶ。その家のとぎれる道の両脇に田や畑が散在していた。田や畑の土手の草は、雨ごとに伸び、暑さと共に逞しく茂っていく。

川上の高見ヶ峯に夏の雲

七月の朝の出勤時、まさこが後方彼方に見た高見山。三角に尖った高見山は直ぐに分る。

向日葵のうつむく花に鵯が来る

夏に詠んだこの句は「主婦の友」十一月号で佳作に選ばれた。緑の豊かな吉野は小鳥たちの集まる場である。「ひいよひいよ」と賑やかな鵯の声。まさこの庭には、小鳥の好む花木や実のなる木が植えられていた。次の句は「主婦の友通信俳句講座」で詠んでいる。

原　句　バスは今大きく曲り山錦
添削句　バス今し大きく曲り紅葉山

「紅葉と季節を具体的に表現致したく」と、汀女は指摘した。吉野の紅葉は芸術家を虜にする色鮮やかさがある。また詠み人の心をも擽る。吉野山の紅葉は春の桜に負けない美しさがあった。翌月も「主婦の友通信俳句講座」で詠んでいる。

原　句　伐り出せし材木の香や銀杏散る
添削句　伐り出せし檜材あり銀杏散る

「檜材としました。香はすっと強く感じとれます」と、汀女は指摘する。

上気せる馬上の童子冬ぬくし

この句は十二月十七日、四十八回目の「奈良探勝句会」で詠んでいた。会場は観光旅館大仏館である。この日、春日若宮のおん祭を吟行した。おん祭は春日大社にある若宮の祭礼である。天下泰平、五穀豊穣を願って、大和一国あげて行われて、「祭りおさめ」を飾るにふさわしい八百年の歴史を持つ盛儀である。

当日は暖かく句会場も一の鳥居近くで、古典芸能を鑑賞して帰る句友もいた。

元旦の杯や老夫婦美しく

昭和五十四（一九七九）年元旦、まさこは両親を詠んでいた。手作りおせちを前に、家族揃って新年を迎える喜びが伝わってくる。嫁いだ娘たちは婿を伴って帰ってきた。男の子のいなかった彼女は、凛々しい婿の存在を感じたことだろう。

この冬はお粥美味しく病める母

二月の終わり頃から、彼女の母は体調がすぐれなかったようだ。加齢と共に、体力が落ちてきていたのかもしれない。

げんげ田の果てに釣らし頭見え

「げんげ田の広さが出て素材も面白し」と、「主婦の友通信俳句講座」五月に詠んだ句を、汀女は褒めた。翌月も「主婦の友通信俳句講座」の句がある。

原　句　朝焼けや一羽追ふ鴨姦しく
添削句　朝焼けや一羽の鴨の姦しく

「追ふが表現あいまいです。いりません」と、はっきりと指摘する。
指摘されるのは悔しいが、負けず嫌いのまさこは更に精進するのであった。

蔵王堂大屋根を生ふ夏の草

「風花」にこの句は掲載された。まさこにとって蔵王堂は句が生まれ、また句が甦生する場所だったのかもしれない。

住まいの周辺からは虫の声が聞える季節となる。野山では秋の七草が風と戯れていた。

教室で手を揚ぐ子等よ木陰越し

十一月二十日、この句は「日経俳壇」に掲載された。

「はいと答えて先生にあげる手の多さ、その手の見ゆる微笑ましさ。『木陰越し』とはこれまた楽しい山近き小学校ならん」と、汀女は下半期の秀作と褒めている。

彼女の十年間が一冊の俳句日記のような形で残されていた。

この時期、娘たちを次々と嫁がせ、寸暇を惜しみ俳句と対峙していたのである。両親も揃っており、まさこの人生における菊日和のような時であった。

第三章　母の背

五十六歳のまさこは、鏡を見ると頭頂が気になった。少し髪が薄くなり、白髪もちらほらと。年を重ねることにどんな思いを抱いていたのだろうか。

鈴の音のやむひまのなし初詣

昭和五十五（一九八〇）年元旦、自宅から近い脳天大神を初詣した。毎日、日記を書くようにまさこは俳句を詠んでいた。掲載される喜びを味わいつつ、充実した時を過ごしていた。下書きのノートに、「俳句のこころ」と題し三頁にかけて記している。

一、驚きのこころ
一、「なる」の句から「生まれた」
一、「句ととのばずんば舌頭に千転せよ」
一、内をつねに勤めて物に応ずればその心色句となる
一、出句のとき慎重に正しい文字をひと目でわかるように書く
一、新しいということが第一

一、鋭いということ
一、どこか深い味わいがあること
一、作者の個性がほのぼのにじんでくる句
一、架空の産物は実態は消され詩を失うだけである
一、俳意たしかな句　俳意を前面に押し出した句
一、俳句には推敲が大切　作りっぱなしではいけない。
一、あせらず勤勉に
一、句集を広げて句を作ってはいけない　もう古い句となる
一、真剣な気持ち
一、中途に挫折せず
一、まずは自分の修行する道場を選ぶ
一、多くの題詠を丹念に読んで自分の最も好むものを選定する
一、最も純粋で最も芸術的であるものを選ぶ
一、毎月必ずその雑誌に投稿する

一、自分の選んだ雑誌の句風をあくまでも尊重し信頼し勉強をつづけるべき

彼女はこれらの言葉を心に刻みながら、通勤時間を思索の時間に変えて句を詠んでいく。

凧揚やお山の大将孫のもの

孫の冬休み、凧揚げを彼女は眺めていた。同居の長女夫妻には男の子がいる。まさこの孫は、リーダー的存在だったのだろう。吉野は川を挟んで両脇に道がある。彼女の周辺には美吉野橋、上市橋、吉野大橋がある。風が舞うように吹き、孫の手加減が思い通りにいかず、橋桁に引っ掛かることもあった。

病む母の音立てすする葛湯かな

吉野は葛で有名である。食欲のない母に少しでも元気になってもらいたいと、まさこは葛湯をつくった。葛湯は胃にやさしい。吉野葛は山にはびこる葛の根を原材料としている。

次の句は「主婦の友通信俳句講座」で詠んでいた。

原　句　老い父の頬つややかや粕汁
添削句　粕汁や老いても父の頬つやや

「老いても健やかという気持ちを出してみました」と、汀女は記している。

万葉の山川沿ひに紙を漉く

吉野の和紙作りを詠んだ句である。昔は紙漉きをしている家が多かった。

和紙づくりは約千三百年の歴史がある。文書に和紙が登場するのは、室町時代初期。旧南芳野村に端を発し、国栖で現在も「吉野紙」が作られている。

紙干しの句も「主婦の友通信俳句講座」で詠んでいた。

原　句　山峽の日差し尊し紙を干す
添削句　冬の峽日差し尊し紙を干す

「紙を干すではちょっと季感がうすいので『冬の』と入れました」と汀女は指導した。国栖は奈良県下に唯一残る和紙の産地である。町の生徒は国栖で紙漉きを体験し、自分の漉いた紙で卒業証書をもらうのである。

あちこちの製材の音霞中

この句は「主婦の友通信俳句講座」で詠んでいた。「あちこちに広がりが出てよろし」と、汀女は褒める。当時、割箸作りを家業としている人が多かった。割箸は吉野杉の端材である。

恋果たし猫たんねんに己舐め

野良猫がまさこの家に居着き、恋を成就し子猫が誕生した。彼女にとって猫は家族。面倒見の良い飼い主に巡り合い幸せな猫である

夫撒きて吾拾ふ御供《ごく》春祭

この時期、まさこの句に夫が初めて登場する。彼はこの年、神社の当番にあたっていた。田舎では御供撒きという行事がある。小さく丸めた餅を、参詣している人に向かって撒く。当時、町内のある神社では傘餅を撒いていた。傘餅というのは餅を丸めないで傘のようにひらたくし、その中にお金を入れる。神社は既に葉桜になっていた。

石仏の前掛け紅し濃紫陽花

村道のあちこちに石仏が祀られている。石仏の花立てには紫陽花が飾られていた。
この時期、俳句を勉強し気づいた言葉を、ノートの端に書き加えていた。俳句の中心は一つ、重点は二つ置かない。説明はいけない。どこか一つひねり、深みのあること。良き対象物を選ぶ。力点を付加する、と。次の句は「主婦の友通信俳句講座」で詠んでいる。

原　句　通過する列車に逆跳ぬ鯉のぼり
添削句　列車過ぎ逆さに跳ねて鯉のぼり

「列車過ぎと、俳句的にみじかく表現しましょう」と、汀女は添削した。
近鉄吉野線の通勤途中、車窓からの風景であろう。男の子のいる家ではこの時期鯉のぼりを上げている。

こはれさうな老母の背《せな》の汗を拭く

七月の始め、暑くなってきたが湯船に浸かるだけの体力の無い母の背中を、まさこは拭いた。母の体は怖いほど痩せている。先が案じられた。体調の悪い母の横で付き添っていた彼女は団扇で風を送っていた。昼間、庭の鶏頭の花を眺めながら母は横たわっている。少しでも涼しくなるようにと、彼女は日除けに青簾をかけた。

しゅるしゅると火玉地を這ふ花火かな

夏休みに孫たちが来た。一緒に買い物に行き、アイスと花火をねだられたのである。

宿題を励ます如し虫時雨

孫たちが彼女の傍で日記を書いたり、自由研究を纏めていた。虫の声は秋の到来である。

次の句は「主婦の友通信俳句講座」で詠んでいた。

原　句　吊革にこの身預けて大夕焼
添削句　吊皮に身を預けゐて大夕焼

「このは言わなくてもよいかと思います。大夕焼けの車中の感じ哀愁あってよし」と、汀女は褒める。

捨て猫がとうとう住み着き、はや秋となっていた。

次の句は十月の「主婦の友通信俳句講座」で詠んでいる。

原　句　新涼をドレスにふふみ小買物
添削句　新涼やブラウス着替へ小買物

「今一つ具体的に表現して下さい。添削一例です」と、汀女は参考句とした。

母が傘さしかけて練る祭り笛

田舎人にとって祭りは四季の大きな行事である。どうしても祭りに参加したい。今ならまだ歩けると、調子を取り戻した彼女の母はサロンパスを肩や腰に貼りながら、気力を振りしぼり練り歩いたのだろう。

后陵拝む濠前夏あざみ

同時期に「夏あざみ」の句が「主婦の友」十一月号で優秀賞を受賞した。「陵と言い伝え守りあう土地の姿がすがすがしい。ここにふさわしい夏のあざみもまた朝露帯びた頃だろう」と、汀女の選評である。

報奨金を頂戴し、彼女は俳句に対する自信を更に深めたに違いない。

あやとりの上手な孫と掘ごたつ

冬休み、孫と一緒に掘り炬燵に入りあやとりの仲間にまさこも加わった。

言祝をのべば初髪匂ひけり

昭和五十六（一九八一）年新春の句である。髪を結い春着を着て近くの脳天大神に一家で初詣をした。その後、親戚の挨拶回りに揃って行く。田舎は隣、近所に親戚が多い。一緒に行く子供の目的はお年玉である。

一月二十三日、中村汀女が主宰している「風花句集第三集」が発行された。この句集には、千三百三十名の句が収録されている。「春の音」と題したまさこの句は九十七頁の上段に並んでいた。彼女にとって創作の喜びを味わった節目で、今後の大きな励みとなったに違いない。

この時汀女は八十一歳で、昭和五十五年度文化功労賞を受賞していた。

産近き遠き娘偲び毛糸編む

まさこは娘の出産祝いの編み物をしていた。「主婦の友通信俳句講座」で詠んだこの句を「しみじみと母の実感です」と、汀女の講評である。

何やかや久しき姉と春炬燵

体調の思わしくないまさこの母の機嫌伺いに、同じ町に住む姉が訪問したのである。春とは言え未だ薄ら寒く、炬燵に入ってとりとめのない話をするだけで姉妹の心は一挙に打ち解けた。

十月一日、まさこが吟行で参加していた「奈良探勝句会」で、「あをによし」第二集を刊行した。第二集は三十一回から五十回迄の吟行を纏めたもので、この間、彼女は九回出席している。三十一回から三十九回迄の選句は中村若沙である。

中村若沙の急死により、高木石子がその後の選句を受け継いでいた。

母となる娘への心に秋刀魚焼く

まさこは秋刀魚を焼きながら出産を控えた娘を案じた。賢母は更に詠う。

安産に父似母似や小六月

喜びに溢れたこの句は十一月十八日に詠んでいた。小六月とは今の十一月頃のぽかぽか陽気のこと。汗ばむほどだが、日陰は寒い。嫁がせた後、母親としては孫の誕生を待つ喜びがある。子孫を継ぐ児が出来たことで、親としての一区切りでもあるようにも思えた。

昨年から体調を崩していたまさこの母が永眠した。彼女が五十八歳の時である。師走の二十日に冥土への旅支度を整えたようすを詠んでいる。

死せる母さすりて履かす足袋しかと

空っぽの母の部屋から寝息が聞こえ、今にも起き出して来そうな気配さえ漂う。暦は母が亡くなった日のままである。

昭和五十七（一九八二）年一月八日、ふた七日が終わり墓前に来た。田舎では持山の一部を墓にしている家が多い。彼女の家も持山を墓にしている。

この地下に母眠るなり霜柱

人は皆いつかは死んでいく。逆らうことの出来ない歳月が彼方へと誘っていく。母の本骨を抱きしめながら、坂道を登り埋葬を終える。これで永遠の別れになる。そう思うとまた涙が溢れた。

孫の誕生と、母が亡くなるという寂しさが交錯した昭和五十六（一九八一）年が過ぎて行ったのである。

仏法では、「生」も「死」も生命の実相の違いと説かれている。

私達の生命自体は、大宇宙という大海から生まれた「波」のようなもの。波が起こった状態が「生きる」ということで、大波と一つになった状態が「死ぬ」ということだと。

万物は永遠に「生と死」のリズムを繰り返す。人間だけは特別な存在と思いたいがそうではない。

またしても己が値札倒す蟹

この句は、第二十回「俳人協会」主催「全国俳句大会」が行われ、まさこは特選となった。選者は香西照雄である。仕事帰りの夕刻、デパートの食品売り場で見た蟹は元気が良い。最後の抵抗であるかのように動いていた。こういう形で蟹も詠める。

岩田まさこ（前列右から二人目）
中村汀女（前から２列目中央）
昭和49年４月23日、西大寺句会にて

第四章　濃　霧

濃霧来てまた虎の尾を隠したり

この句は昭和五十七(一九八二)年八月八日に詠んだ句で「朝日新聞大和俳壇」巻頭で掲載された。「霧の去来を草花の虎の尾草で受け止めたのがよい。そのために作者の位置や周辺の状況がいろいろ現象されて楽しい。表現に俳句的具象化の行われた作品である」と、選者の右城暮石は褒めている。

この時期、山野には髪切虫や兜虫がいた。野原には天道虫や金亀子もいる。草原には蝗や飛蝗などの、子供の興味をそそる昆虫が数多く生息していた。夏休み、子供たちは帽子を被り虫籠を持って蟬の声のする方へと慌しい。

駆けて行くどの子の籠も蟬鳴いて

油蟬が暑さをかき立てるように鳴く。張り合うように熊蟬の声もする。早春から鳴き始めた鶯は、老鶯となって竹藪や雑木林で宝石のような声を放つ。草むらからは秋へと誘う螽斯《きりぎりす》の声がした。蟋蟀の声も聞こえる。吉野の初夏は一年で一番贅沢な月かも知れない。

天空に春の名残り、頭上には盛夏が、足下に初秋が潜んでいる。それらを同時に味わうことができる。それはまた、時の過ぎゆく早さを、示唆しているのかもしれない。まさこは何気ない日常を実に良く観察していた。

云ふなれば線と点画き秋の草

「いそな」にこの句は掲載された。秋の草とは水引草のことである。
「秋草は可憐そのものです。線と点の構成でよいわけです。油絵の濃厚さがないのです。いつか野菊の群生を見ましたが、いくら多くても厚っぽさがありませんでした。まさに俳画的です。ずばり線と点と、はっきり言われたのに惹かれました」と、選者の土田登紀子の言葉だ。
先の伊勢湾台風で、庭木や花が殆ど流された。まさこは買物や句会の帰りなど、花の苗や庭木を買って来て、句を詠む楽しみを増やしていったのである。

我が背より高くカンナは血を燃やす

草花は殆どが季語になる。育てる楽しみが詠む喜びへと繋がっていく。草花が多いと詠む幅が広がる。季語は俳句の命である。

庭では吾亦紅や、カンナが。ハート型の葉の秋海棠は軒下にまで広がっていた。

手に持てば数珠玉鳴くよ小気味よく

道端には、赤のまんまや数珠玉が生えている。まさこが散歩する脇道には草花から小鳥、昆虫まで季語が溢れていた。

散歩を重ねる空にはいつしか鰯雲が広がり、大地は虫の声のする季節へと動いていく。

十月奈良公園の「鹿の角伐り」を吟行していた。

目は空を掴みて角を切られをり
角伐られ命の一部失へり
荒鹿の角なき影の哀れとも

角切りと共に威勢の良い「勢子」も詠んでいる。勢子とは、狩場で鳥獣を駆り立てる人夫のことである。鹿の角切りは奈良の一大行事だ。

手掴みは賞金付きし角切場

彼女の句から鹿を捕まえるようすが伝わってくる。鹿を捕まえるのに賞金まで出していたのだ。

母逝きて日がな火鉢に座る父

まさこの父は、見た目には平静を保っているように見えたが、冬にはまだ早い日、一日中火鉢の前に座って、ぼんやりと過ごしている。彼女の父にとって、火鉢の前が一番心の落ち着く居場所であったのだろう。火鉢で餅やかき餅などを焼いた思い出の甦る場所であったのだ。右腕を亡くしたような悲しみは、簡単に癒えない。父の思いはまさこにも伝わってきたのである。

敬老日父ありて炊く茶粥かな

米寿とは八十八歳のことをいう。長生きする人が少ないこの頃、町長が訪問されていた。吉野人の朝は茶粥の家が多い。

一房は仏の母へ葡萄摘む

亡き母も詠んでいる。彼女の持ち山には葡萄の木も植えていたのだろう。毬ごと落ちた栗が井戸の蓋を叩き、秋の到来である。西吉野村へ曲がる道には旬の柿が色付いていた。

山里の無人売店柿盛りて

五十九歳になった彼女の句だ。この時期、柿の名産地である西吉野村付近ではよく目にする光景である。

「主婦の友通信俳句講座」で詠んだ句を、「たっぷりと盛り上げた柿。山里のたたずまいが見えます」と、汀女は褒めていた。

昔、娘を嫁がせる時、食べ物に困らないように婚礼の荷に、柿の苗を持たせたという話がある。吉野人は、一家に一本の柿の木があるようだ。また日本人の甘味のルーツは、柿にあるとも言われている。次の句は「主婦の友通信俳句講座」で詠んでいた。

原　句　暖冬の霧より生る朝日かな
添削句　暖冬の霧より昇る朝日かな

「やはり朝日です。『昇る』としたい」と、汀女は指摘する。
この朝は霧があった。そんな中、太陽が出てきた。バスの便もない六田駅へ、まさこは電車に乗り遅れないようにと急いだ。

初鳩や本殿深く遊びをり

昭和五十八（一九八三）年新春の句である。
「のびのびと遊ぶ新春の鳩のさま。着眼もまた自由で面白し」と、「主婦の友通信俳句講座」で詠んだ句を、汀女は褒めた。

書初や十人十色同じ文字

僅かな冬休み、二人の孫は墨を磨り真剣に半紙に向かっていた。

冬すみれ神の思惑の一つのみ

冬日を浴びたすみれが、土手にひと株だけあって一輪だけ花を咲かせていた。そんな光景に、私は偶然にも出くわした。このすみれもそのような光景であろう。

ほろ酔ひにほのかなる香や蕗の薹

彼女はお酒も飲めるのだろう。売られている蕗の薹は香りが少ない。吉野の蕗の薹で作った蕗味噌や酢味噌和えは、香りが良く美味しい。酒の肴に良い。

次の句は「主婦の友通信俳句講座」で詠んでいる。

原　句　事務のペンなめらかにして春たつる
添削句　事務運ぶペンもなめらか春たちぬ

汀女は「事務もよく運んでゆくことと思います」と講評し添削した。

立春にひとりに惜しき日の出かな

この日は立春であった。早朝の畑道は凍てており、歩くとプチプチと音がする。前方からは寒風がくる。そんな中を六田駅まで歩き、近鉄南大阪線電車の終点、阿倍野橋で降りる。そこから阪堺電車に乗る。家を出てから片道三時間弱の道のり。この通勤を四十歳から六十五歳まで続けるのである。往復五時間以上の通勤は年を重ねると堪えた。

老ゆ程に恋する如く春を待つ

歳を重ねるごとに吉野の寒さは体にきつくなる。三月でも未だ春が遠い。田舎の家には炬燵を使っている家が多い。炬燵に一旦入ると離れがたいのである。

炬燵の上には先ほどまで孫の遊んでいたあや取りの紐が残されていた。

わが家を逆さにしたる石鹸玉

この句は「天理時報」で詠んでいた。

彼女の母が天理教の信者で、まさこは「天理時報」にも投句していたのである。

「子供たちが大きくふくらませて次々と空中に飛ばせているしゃぼん玉に、我が家がきれいに逆さまに写っているのを見つけました。我が家を逆さまに見たことなんて初めてのことです。童心にかえった作者の小さな驚きが上手に表現されています」と、あおきあきおが褒める。

石鹸玉は、延宝五（一六七七）年頃、初めて江戸で石鹸玉屋が行商して流行した。

次の句は「主婦の友通信俳句講座」で詠んでいた。

原　句　停車せる電車の屋根に恋雀
添削句　長停車電車の屋根に恋雀

汀女は「しばらく止まっている電車として、のどかな感じとしたい」と、上五を添削している。近鉄吉野線は単線で、対向車を待つ時間が五分位もある。そんな電車に雀が来て屋根に止まる。汀女はまるでその光景を見ているかのように添削した。

亡き母の味を出したく蕗を煮る

六月、まさこは野蕗を煮た。彼女の母はこの時期に蕗を煮ていたのだろう。歳を重ねた人の煮物は美味しい。蕗を摘んで煮るには良い時季である。

大輪をぴんと張りけり朝芙蓉

この句は、八月に「主婦の友通信俳句講座」で詠んでいた。「そよがす朝風も想像させてきれいです」と、汀女は褒めた。彼女は花を詠むのが上手である。その分、よく観察をしているということなのだろう。九月二十日、まさこは還暦を迎えた。晴れた天上には鱗雲が広がっていた。その翌日、「主婦の友通信俳句講座」で詠んだ句がある。

原　句　お団子をはやばや給ぶる雨月かな
添削句　お団子をはやばや給ふ雨月かな

「雨月から頂いたようでおもしろい」と、汀女は記し、中七を添削した。雨月とは雨のために名月が見られないことをいう。

父と共老いたる石榴仰ぎけり

今秋も父が植えた瑞々しい石榴を収穫した。石榴は熟すると裂けて甘酸っぱい味がする。次の句は「主婦の友通信俳句講座」で詠んでいる。

原　句　婚の電訃の電受くる暮の秋
添削句　婚の電訃の電つづき暮の秋

「婚と訃、この人の世の喜びと悲しみに秋も暮れるのですね」と、汀女は講評し、中七を「訃の電つづき」と添削した。まさこはコンパクトに映る艶やかな紅葉を複雑な思いで閉じた。彼女は来年用に、俳句も書き込める日記帳をこの時期に購入している。

老父より夫が耳遠初笑

昭和五十九（一九八四）年新年を詠んだ。雑煮、おせちを前に、酒を酌み交わす実父と夫のようすが伝わってくる。彼女の嬉しそうな顔さえ浮かぶ。吉野の雑煮の具は、里芋、大根、人参に豆腐に、焼いた丸餅を入れる白味噌仕立てである。

こんな句も「主婦の友通信俳句講座」で詠んでいた。

原　句　悴みし十指をもみて写経する

添削句　悴みし十指をもみて写経かな

汀女は、「下五「する」ですと散文的になり印象が希薄になります。「かな」と止めるべきでしょう」と指摘した。

振り出しへ戻さる老や絵双六

娘と共に来た孫たちは、貰ったお年玉の袋を嬉しそうに覗いている。まさこは孫と一緒に双六をして遊んだ。

田舎では子供のお年玉を目当てに農協の預金係が待っていたとばかりにやって来る。

風花や学童マラソン二列行く

孫の三学期が始まった。この日、晴れているのに雪が散らついている。そんな中、生徒は走っていた。

畑には白菜があり、亡き母が好きだった大根もある。日毎に凍てがゆるむかのような春雨の中、投函用の葉書を懐へ入れ、まさこはポストへの道を急いだ。

次の句は「主婦の友通信俳句講座」で詠んでいる。

原　句　もう出ぬとわすれゐしが雪割草
添削句　忘れゐし雪割草や庭の隅

汀女は「もう出ぬとがやや説明臭さがあります。『忘れゐし』ということで発見した折の喜びやおどろきは出ております。後はむしろ写生的に描くことです」と、具体的な指摘をした。汀女の全力投球の姿勢が、まさこの俳句魂を揺り動かす。

家の傍を春の小川が下っていく。夫の横で猫もまた一緒になって気持ち良さそうに眠っている。満開の桜が散り始めると、吉野は若葉が眩しい季節となる。木々は一雨ごとに緑の色を深め、夏へと向かう。家の周りの草を刈っても雑草の生命力は逞しく、またぐんぐんと伸びてきた。次の句は「主婦の友通信俳句講座」で詠んでいる。

原　句　泰山木白を見上げて庫裏へ入る

添削句　泰山木咲くを見上げつ庫裏へ入る

「花の高さがみえてきれいです」と、汀女の講評である。

中七の添削により、別人の句かと思うぐらい風格が出る。夏の庭木としてまさこは泰山木を植えていた。翌月、「主婦の友通信俳句講座」で詠んだ句がある。

原　句　走り根の苔に濡れゐし青蛙
添削句　走り根の苔にまがふや青蛙

「苔にまぎれる色をいいました。『濡れ』は当然ですので」と。たった四文字の添削が、際立つまさこの句になった。

起重機にゴンドラ掛かり松手入

植木職人が手入れしているこの松は、まさこの父が植えたものである。吉野はよく霧が立ち上る。この松は今後も吉野の大地を眺めながら、一家を見守っていくことだろう。

第五章　郵便夫

昭和六十（一九八五）年一月二日、まさこはこんな句を詠んでいる。

新聞も郵便も来ぬ二日かな

二日は、颯爽と里道をバイクで来る新聞配達員や郵便夫の休日である。年末年始の特集が組まれていなかったら、この曜日は俳句の掲載日であったのかもしれない。

次の句は「主婦の友通信俳句講座」で詠んでいる。

原　句　満天の冬星清し朝出かな
添削句　冬の星またたきて濃き朝出かな

「清しの情感をより一層具象的な表現が欲しい気がします」と、汀女の言葉である。まさこが出勤する朝の六時前後の吉野の空は、未だ薄暗く星が瞬いていた。

翌月も「主婦の友通信俳句講座」で詠んでいる。

原　句　深林に初音のふりて堂拝す
添削句　森深くふりくる初音堂拝す

「深林は少し苦しい感じ、無理をしない用語で作句を積んで下さい」と、汀女はずばりと指摘をした。この句の「堂」とは蔵王堂である。吉野山へ吟行に行ったおり、まさこは蔵王堂近くで初音を聞いたのであろう。

当時八十五歳の汀女は、後何年このような指導を出来るのだろうかと思っていたに違いない。汀女の真剣さは文字を通して、まさこの心にぐいぐいと迫ってきた。厳しいとも思える汀女の言葉に、負けず嫌いのまさこはなお奮起するのである。

その鈴は千古の艶よ国栖の舞

三月五日、「国栖奏」を詠んでいた。始めて国栖奏を吟行したのである。

国栖奏は県指定民族文化財とされている。南国栖の浄見原神社で行われる祭礼である。日本書紀に、第十五代応神天皇が吉野の宮に行幸された際、国栖人が歌舞を奏したことが記され、これが国栖奏の始まりとされている。

母存さば菱餅造り給ひしに

雛祭りの時期、母が毎年作っていた菱餅を、この年からまさこが作っていた。節句には孫娘の幸福、成長を祈り雛壇を設けた。雛人形に桃の花を飾り、菱餅、白酒などを供えたのである。

次の句は「主婦の友通信俳句講座」で詠んでいた。

原　句　雲に花咲きたる如し白木蓮
添削句　行く雲に白木蓮花をかかげたつ

「『雲に花咲きたる』はいささか苦しい感じがします。『白木蓮』を『はくれん』と読んで、意欲的な表現と思いますが」と、汀女は褒めながら指摘する。

彼女は庭木に白木蓮を植えていたのだ。翌月も「主婦の友通信俳句講座」で詠んでいる。

原　句　渓谷に脳の神様花空木咲く
添削句　渓谷に学問の神空木咲く

中七の「脳の神様」を「学問」に、汀女は添削した。

目高にも影つき添ひて可愛らし

六月に詠んだこの句は「婦人通信俳句」、森脇宵子選で年間秀句となった。
目高は夏の季語。体は透き通り、体のわりに目が飛び出して大きい。昔の目高は地味だったが、昨今はカラフルな目高もいる。まさこはこんな句を詠んでいた。

なんとなく切なきときは草を刈る

良き妻、良き母の見本であるかのような彼女にもそんな時があった。彼女はそんな時、ひたすら草を刈ることにしていたのである。生命力の強い草は、刈っても刈っても直ぐに伸びてきた。次の句は「主婦の友通信俳句講座」で詠んでいた。

原　句　風向きの変れば滝の飛沫《しぶき》ねじ

添削句　風向きのをりをり変る滝飛沫《しぶき》

汀女は、「風に乱るる飛沫と思ひます。ねじは少々しっくり致しません」と、手厳しい。

驚けば吾におどろく穴まどひ

翌月の「主婦の友通信俳句講座」の句である。「驚く作者をみたようで、実感が出て面白し」と、汀女は褒めた。更に翌月も「主婦の友通信俳句講座」で詠んでいる。

原　句　人声の動いてをりぬ霧の山

添削句　人声のしきりに立ちて霧の山

「やはり人声が動くという感じ、不自然かと思います」と、汀女は指摘をした。

赤い羽根運動の通勤帰り、まさこは読みかけの俳誌に、栞替りに羽根を挟んだのである。隣に座った牧師は聖書を読んでいた。

到着した近鉄六田駅の自転車置き場では、強風に自転車がもつれながら倒れている。

頂いてゆく月まどか初詣

昭和六十一（一九八六）年の新春をまさこはこう詠った。

「除夜の鐘を聞きながらの初詣で、頂く月を心に正し、そのまどかさに心やわらぎつつ初詣をしているのである」と、「大阪府社会保険俳壇」の兼題、「初詣」で第三位となった句だ。選者は後藤比奈夫である。

彼女のひたむきな態度が、認められた。一家は揃って神社に初詣をしたのである。

春寒の日の逃げやすき奥吉野

この句は「主婦の友通信俳句講座」で詠んでいる。

「奥吉野がよく効いてひっそりとした雰囲気を出してゐます」と、汀女は褒めた。

この言葉に、まさこは勇気を得たに違いない。脳天に抜けるような残寒に、犬の吠える声が響いていた。

ひそみゐし水のつぶやき枯葎《むぐら》

葎とは、荒れ地や野原に繁る雑草の総称である。吉野では散歩していると枯れた蔓草をあちこちで見かける。そんな枯葎をまさこは見逃さなかったのだ。こんな句も詠んでいる。

二十円合はぬ出納四月馬鹿

出納簿がどうしても合わないまさこは、とうとう残業となってしまう。

み吉野の川の豊かに初燕

この句は五月十日、「日経新聞」に掲載された。

「川もいつしか姿整えて『み吉野』との賛辞そのまま、燕も飛べばわが里に見ほるる作者もその一人」と汀女は言葉を添える。

高々とコック帽子に風光る

祝い事でフランス料理店にまさこが入った時のことである。背の高い真っ白な帽子。コックの被った帽子は、料理好きな彼女の憧れであった。

羽脱鳥前をよぎれば風の来ぬ

「大阪府社会保険俳壇」七月号で、この句は巻頭となった。
「この羽脱鳥は鶏でもどんな鳥でもよかろう。羽の脱けているものが前を通っただけで、やはり風が立ったおかしさ」と、選者の後藤比奈夫の言葉である。
羽脱鳥とは古い冬羽が抜け揃わない時期の鳥でみすぼらしい姿をいう。

秋暑し飛機墜落の報つづく

八月十二日群馬県山中に日航ジャンボ機が墜落した。ダッチロールで操縦不能状態になり大勢の犠牲者が出た大惨事だ。この惨事を毎日テレビで放映していた。家族を亡くし、一人だけ助かった女の子が、ヘリコプターで吊り上げられている姿が、何時までもまさこの脳裏に残っていたのである。

吉野山何処歩いても蟬時雨

吉野山へ吟行に出かけた時の句である。この時期、木の多い吉野路は何処を歩いても蟬の声が聞こえた。

外燈でメモしつつ帰る虫の夜

通勤帰りの夜道、まさこが家に着くまでに、外燈で下書きをしている姿だ。俳句への思いが伝わってくる。心から打ち込めるものを持つ人は、ある意味、幸せであろう。

長き夜や鼠ことことことことと

食べ物の豊富なまさこの家に居着いた鼠。鼠の物音さえ、句に詠める人である。

次の句は「主婦の友通信俳句講座」で詠んでいた。

原　句　しぐるるも濁りを見せず飛鳥川

添削句　時雨るるも流れ清らか飛鳥川

「しぐれは漢字の方が季節感があって、きれいですね」と、汀女は指摘した。

長針の追ひ越す瞬時去年今年

昭和六十二（一九八七）年一月一日をまさこはこう詠んだ。

句集膝に車窓の山河初景色

会社帰りの車中、寸暇を惜しんで俳句を学んでいたのだ。眼を通したものを、まさこは鉛筆で線を引く。自分の掲載句には赤のボールペンを引いている。

帰りの夜空にはオリオン座が冴えていた。

湯のたぎり静かな雨の春隣

一月十七日に詠んだこの句は「読売新聞大和俳壇」に、桂信子選で掲載された。吉野の春は間近まで来ていても行きつ戻りつつ、遠い道のりとなってしまう。

手を離るビニール袋春疾風

主婦なら経験することの多い春疾風である。家の周りからは囀りと共に、父が植えた松の雪が時々落ちた。その音がまさこに聞こえる。

翌日、吟行先で見た天皇陵では春の雪を落として松が立ち上がっていた。その翌日行った吟行先では神社の狛犬が雪のベレー帽を被っている。

老い父の起きらる頃や春火鉢

「主婦の友通信俳句講座」で詠んだこの句を、「父上へのいたわりこもる句」と、汀女は褒める。春とは言っても吉野は寒く、老いた体に火鉢は欠かせない必需品だ。父がいつも温まれるようにしていたのである。

母の墓今日が桜の見頃なり

まさこの心の真ん中に、何時も母が存在していた。

御仏の母へも紅きカーネーション

更に母を詠んでいる。この日は「母の日」であったのだろう。亡くなっても母への尽きることのないまさこの感謝である。

草引くにだぶつく軍手ままならず

休日には家の周辺の草を刈り、畑の草を引く彼女の主婦としての日常である。

ひたすらの鳥声浴びて草を引く

この句は「未央」に掲載された。

「吉野住の作者には、草を引く仕事がひきもきらずある。その頭上に、或いは背後でしきりに山鳥が鳴く。その声は鳴くというより浴びると言ったほうがよい位であった。静かな山暮らしが描かれている」と、選者の高木石子は、まるで吉野に住んでいるかのような講評をした。

蟬時雨日に一回の郵便夫

「主婦の友通信俳句講座」百八十回目に詠んだ句である。「一日に一回の配達に対するあたたかな作者の眼を感じとります。昼さがりの蟬がさかんに鳴きたてる。暑さを云わずにそれを想像させる季語の配し方よろし」と汀女は大いに褒めた。

まさこが汀女に添削指導を仰ぎ、黒紐で綴じた最後のページの句である。

父は釣り子は岩くぼの目高とり

七月に詠んだこの句は「風花」九月号に掲載された。まさこが汀女主宰の「風花」に投句した最後が七月となった。当時八十八歳の汀女は、昭和二十二(一九四七)年四月に創刊した「風花」を、娘の小川濤美子へと世代交代をした。

九月二十日、彼女は六十五歳となる。師と仰いだ中村汀女は、奇しくもこの日に亡くなられた。まさこにとって忘れがたい誕生日となったのである。

山の影山に重ねて小六月

この句は翌年の「俳句四季」で特選となっている。選者は伊丹三樹彦である。自宅の前方をじっくりと眺めていた光景だ。太陽の移動につれ山影も変化する。

寄鍋や七つの顔の四世代

父を筆頭に、まさこ夫妻、同居の長女夫妻と二人の孫で七人、四世代になる。摘みたての野菜が入っていたのだろう。これに晩酌が入り家族の笑顔が浮かんでくる。

大君の訃にそそくさと松を取る

この句は昭和六十四（一九八九）年一月七日に詠んでいた。昭和天皇が崩御されたのである。翌日「平成」と元号が変わり、時代が動いていく。

汀女亡き後、郵便夫の運んでくる「婦人通信俳句」に学びながら、まさこは新時代にどのような夢を抱いていたのだろうか。

第六章　決　別

九十六歳の父は元気だが、まさこはいつも気にかけていた。春とはいえ、いつまでも寒く父が常に火鉢で温まれるようにしていたのである。

花人に雨の帰りとなりにけり

平成二（一九九〇）年春、「未央」の課題で「人」を詠んだ句である。

「雨の帰りが巧みである。さらりと詠まれているが『雨の帰り』の中に花曇を出かけた花見を帰る頃ぽつりぽつりと花衣を濡らしつつ花疲れの中、一日の桜狩が終わった。多くの季題が溢れている」と、選者の塙告冬は称讃した。

まさこは幼き日、余所行きを着て家族で吉野山に花見に行った幸せな思い出があった。

六十五歳で定年退職したまさこは、ご馳走を詰め、この日も家族で花見に来ていた。天気予報があたり、帰りはあいにくの雨となってしまったのである。

まばたきの間に失ひし風の鳰《にお》

この句は「風花」四月号に掲載された。

「瞬時の光景がよく描写されている。実感としてでなくば云い得ない語である」と、選者の小川濤美子は褒めている。

小川濤美子は、中村汀女から「風花」を受け継いだ主宰である。まさこは汀女亡き後も短期間、「風花」に投句していた。

夏休み、吉野川には大阪方面よりキャンプに来る人が多い。川に近いまさこの家からそのようすが見える。飯盒炊飯し、肉などを焼いている煙が上がっていた。

食後はファイヤーを囲み「四季の歌」「西瓜の名産地」などを歌い、またゲームと楽しそうである。最後にジェンカの曲に合わせ、一つの輪となり、「今日の日はさようなら」を歌っている。まさこは自分の経験したことのない青春時代を垣間見ていたのだろう。

家中のどこかにいつもちちろ虫

夏の終り頃から虫の声が賑やかである。ちちろ虫とは蟋蟀のことだ。虫の宝庫のような周辺からは、蟋蟀などが知らぬ間に侵入している。吉野路の夜は虫の融合した声が響く。

九月二十日、まさこが彼岸参りした母の墓石の前には、返り花が咲いていた。

菜園に音譜のごとく秋の蝶

「俳句四季」で十月に詠んだこの句は高木石子選で特選となる。畑には種を撒き、年中摘みたての野菜が食べられるようにしていた。消毒も抑えて。秋晴れに蝶が舞っていた。

秀句秀文夢のまた夢漱石忌

十二月九日は文学者、夏目漱石の忌日である。まさこは今までに秀句を何度も詠んでいるが、夢のまた夢とは謙虚な方だ。

平成三(一九九一)年が明けた。一月十四日の朝、何時も起きてくる父がなかなか起きてこない。どうしたのだろうかと、まさこが部屋に行くと既に冷たくなっていた。微笑んだような顔をして、まさこの父は家族に別れを告げていた。

寒菊や九十八歳の生涯を

九十八歳とは昔の人にしては長生きである。十六日には盛大な葬儀が行われた。

十僧の寒念佛に父眠る

二月二十四日に遺骨を納めたようすを残していた。

春荒れや父の遺骨を胸に抱き

春先はよく霞んだ。彼方の稜線に霞がかかっている。霞が去った青空には、小鳥や蝶が飛びかい、桜蘂がひとかたまりになって春風に流れて行く。庭には牡丹が咲き、小川では河鹿が鳴き、日毎に太陽が眩しくなってきた。夏が間近いのである。

家並絶え雨の夜道の初蛙

この句は「婦人通信俳句」五月号に掲載された。

「くらがりにいきなり蛙の声。はっと驚きながらも『初蛙』と心にとめて味わうところが俳人」と、森脇宵子は褒めている。

夏、今年も近くの小川から蛍が舞い上がった。昨年、父と一緒に蛍を見たことを思い出していた。

大西瓜これは仏へ奉る

七月二十九日、畑で一番なりの西瓜を収穫した。これは、父の初盆のお供えである。この時、胡瓜、茄子、トマト、ピーマンなども採れた。

蟬生れて神給ふ翅美しき

「天理時報」巻頭でこの句は掲載された。

「生まれたばかりの蟬の翅の美しさ、神秘さに感動して『神給ふ』と詠んだことでしょう。生きとし生けるものに親神様の創造美が凝らされている」と、あおきあきおは褒めた。古木が多いまさこの周辺では、止まり木を競うかのように蟬がきた。油蟬がきたかと思うと熊蟬の声。今度はみんみん蟬である。だからこのような光景に出くわしたのだろう。

九月半ばを過ぎると、里道はどこを歩いても秋の草が踊っていた。

夕茜杉の先端鵙なけり

秋の草は賑やかそうに見えてもどこか淋しい。木の先端で鵙が鳴く夕暮れは、一層の寂寥感が漂う。一方、畑では白菜がしっかりと巻き、重さを増している。大根はまだまだ畑にあり、人参、蕪、ブロッコリーなどが冬空にいきいきとしていた。

羽子つきて少女に返つてをりにけり

平成五（一九九三）年一月五日にまさこが詠んだ句である。
早春、庭師を招き剪定をしていた。庭師の鋏の音が気持ちよく響く。
この頃になると、家の横を流れる瀬音に混じって向かいの山からもう初音が聞こえた。

置き釣やあたり菜の花人を見ず

二月二十五日に詠んだこの句は「天理時報」三月に掲載された。
「置き釣とは珍しい句材ですね。何か釣れるのでしょうか。興味がわきます。あたり一面の菜の花畑に囲まれた人のいない釣竿が妙に孤独で印象的です」と、あおきあきおが評価している。春の雲が離れたり重なったりしながら、季節が静かに移行していく。

日がな鵯声にぎやかにさくらんぼ

この句は「婦人通信俳句」に掲載された。

「さくらんぼが色づく頃になると、いち早く鵯の群れが押しよせて来て、食べ尽くすまで姦しい毎日が続きます。然し、鵯のためのさくらんぼと諦めて、その狼藉ぶりを微笑ましく見守っている。桜の木の持ち主だと思います」と、選者の清田勝子はいう。

野鳥の仕草を観察するために、さくらんぼのなる木をまさこは庭に植えていた。

リズム以て障子をたたき灯取虫

「未央」の題詠「灯」で、まさこが六月に詠んだ句である。

「障子の内の灯をとりに障子を叩く不気味。多くの灯取虫の投句の中からの佳句」と、選者の山本いさ夫は褒めた。まさこの視線が火取虫を捉えたのである。

ごろごろと蟬の屍終戦日

八月十四日「二土会」で詠んだこの句は特選になった。「取り合わせよし」と、選者の蔦三郎の言葉である。

都会では見ることが少ないが、吉野では天を仰いで転がっている蟬を見かける。鳴きながら落ちる蟬もある。斃れた人のように思えてならない。時間と共に、ほどなくこの世から消えていく。命終えたものは、霊となって空に吸い込まれていくのだろう。

早朝のひとりの宮に小鳥来る

早朝、まさこは一人で宮参りをしていた。どんな事を祈っていたのだろう。

立ち並べ磨丸太を干す小春

この句は「天理時報」で詠んでいる。

「磨丸太」は床柱にする高価な建築材。「吉野地方には『磨丸太』の生産者も。その磨かれた丸太のずらりと立ち並び、小春日を浴びているというのは、なかなか壮観でしょう」と、あおきあきおは評価した。

吉野は木の町。丸太の競りも行われる。市の日が近づくと、同じ太さの同じ長さの丸太が所狭しと整列している。集積場に近づくにつれ、木の香りが漂う。

俳句三昧のこの年が暮れようとしていた。

鶴の字のいまにも舞ふか飾凧

平成六（一九九四）年一月四日「未央」で詠んだ句である。選者らは羽織袴姿で出席されており、いつもと違う新春の雰囲気が会場に流れていた。

太陽に頭かしげて蕗の薹

二月八日に詠んだこの句は「俳句文芸」で特選になった。

「蕗の薹が土から顔を出してちょっと傾いている。それを太陽に頭かしげてとおおらかに無邪気に囃し立てたのである。素朴だが、真心の籠った料理のように、なかなか出会えない表現だろう。春の野山の陽気まで感じられる。この蕗の薹、眩しそうに頭を傾けた小さな子供のようにだんだん見えて来る」と、選者の長谷川櫂は大いに褒めた。

早春、山水の流れる場所で、頭をかしげたような蕗の花芽をよく見かける。

枯芭蕉なれどもほのとみどり持つ

この句は「毎日俳壇」に三月五日、特選で掲載された。

「枯れてなお夏の名残をとどめている芭蕉。歴戦でボロボロになった連隊旗のイメージ」と、選者の鷹羽狩行の言葉である。まさこはこういう句も詠めた。

少年のリュックに行く列紅つつじ

四月、家の前を通りゆく地元小学生の遠足の風景である。晴れたこの日は遠足日和だ。

立てかけし傘に吸ひ付く蝸牛

梅雨の時期、蝸牛を湧くかのように見かける。まさこの家では思っても見なかった傘に蝸牛が吸い付いていた。

梅雨が明けた畑では、梢より鵯の視線が色付くトマトを狙っている。実がついてないのかと南瓜の蔓をたぐり寄せると、小さい実を二つ三つと宿していた。

九月二十日、まさこは六十代最後の誕生日を迎えた。

夜の明けて白白とある鰯雲

目覚めの早いまさこが見た夜明けの光景である。この日、吉野山に行った奥千本で久しぶりに清水を汲んでいた。

若者に交る研修秋灯下

この句は十一月二十六日「朝日新聞大和俳壇」に掲載された。

「若者に交る作者は年配なのであろうか。年齢だけの問題ではない。『若者に交る研修』で職場の第一線で働く作者の意欲が感じられる。『秋灯下』の季語も適切である」と、選者の津田清子は称讃する。平成六（一九九四）年十一月奨励賞を頂戴している。

冬霧の解けて現はる妹背山

吉野町はよく霧が出る。まさこが一日一万歩目指して、妹背山に向かって散歩していた風景だ。冬の温かい日、漬物用の大根を大量に収穫し洗う。毎年の大仕事がまさこを待っていた。

誂《あつら》へし如く好天大根洗ふ

「お誂え向きという言葉そのままの水もあたたかい初冬の一日、可成の大根を洗われたことと思います」と、「婦人通信俳句」の森脇宵子の言葉である。

漬けたものを子供の手土産に持たせ、また親戚に贈ったりした。

初日の出山端にうすき雲寝ねて

平成七（一九九五）年、新年をまさこはこう詠んでいる。

賀状来し「かたもたたきにいきます」と

この楽しい句は孫からの年賀状であろう。ほころんだ彼女の顔が浮かんでくる。

大地震一月十七日夜明け

まさこは阪神淡路大震災を詠んでいた。平成七（一九九五）年一月十七日、午前五時四十六分、阪神淡路大震災が発生。六千四百三十四人の命を奪った未曾有の大災害の爪痕は深く、時が経過しても、彼女は忘れることがなかった。

春めくや一番電車渡る音

早春の早い朝、まさこの家に聞こえた鉄橋を渡る近鉄電車の音である。「近鉄阿部野橋行き」は五時過ぎに吉野神宮を発車する。

葉桜や風に吉野の山動く

桜なき初夏、まさこは吉野山を吟行した。葉桜になっても大阪方面からリュック姿で人が毎日のように訪れる。

雉啼いて千早赤阪水走る

この句は「未央」七月号に掲載された。

「千早赤阪は楠正成の城趾の地。雨がやんだばかりで金剛山よりの水が走り雉が鳴く一日。この句も地名が効く」と、選者の吉年虹二は褒めた。

まさこは地名の活かし方を習得していた。

仙人が蜂にさされて帰り来し

九月五日に詠んだこの句は「朝日新聞大和俳壇」巻頭で掲載された。

「仙人より強い蜂。怖い蜂だ。山の夏のきびしさを感じる」と津田清子はいう。

この仙人とは娘婿か、それとも隣人か。山に蜂の巣があった。そんなことを知らない村人が、のこのことそこを通り蜂の逆鱗に触れた。こういうこともあるが、太陽に頭をかしげ春を告げる蕗の薹は、ほろ苦い珍味。おおらかなまさこの俳句が、吉野の大地にどっかりと根付き、青空にむかって伸びようとしていたのである。

第七章　杉山

習慣の鏡餅さげ氏神へ

平成八(一九九六)年、杉山を眼前に、まさこは新しい水にお神酒、鏡餅を先祖に供え、新年の用意に忙しかった。

商人の吾もはしくれ初恵比寿

この日、会社の商売繁盛を願って、まさこは今宮戎に来ていた。

この年は寒く、凍てた雪に彼女は転んだ。靴を履き替え、再び今宮戎に向かったのである。外気に触れる場所にある水道管は凍り、汲み置きの水は氷が張っていた。

吉野路の水といふ水凍りたる

まさこは庭木の剪定をしていた。彼女は薔薇の剪定をし、野菜を作る。採れたての水菜は、湯のたぎりに濃い緑色をしていた。

大地踏む建国記念日でありし

よく雪が降ったこの冬、庭の紅梅は雪帽子を被りながらも凛としている。薔薇の芽は堆肥に生き生きとしていた。脇道では陽光に菫が小さな花をつけている。

車座の大き小さし花の宴

花冷えのした四月始め、まさこは花衣を着て俳句仲間と吉野山を吟行したのである。

杉山の暗さを灯し著莪の花

山水が流れ出る日陰に、ようようと咲く著莪。急斜面などに、著莪畳となってびっしりと咲き誇っている。日常の散策で、地元を驚くほどしっかりとまさこは把握していた。

コーヒーを飲みながら句を推敲し、庭に来る鶯を彼女は待っていた。この時期、野鳥がきて彼女の句心を掻き立てる。

薊の種が何処からか飛来して庭の片隅でしっかりと花を咲かせていた。

梅雨の晴れ間を待ち焦がれたかのように蝶が舞う。

ほんのりと朝の紅刷く鰯雲

雲は絶え間なく移動する。見る人の心の有り様が、句の言葉となって表れる。

十月も終わりに近い日、まさこは店番をしていた。近くの小学生が先生に連れられ落葉を拾っている。社会科の授業だろうか。山々は眠りの季節を迎えようとしていた。

せせらぎを子守唄とし山眠る

師走、電車の座席の女性七人掛けは、着膨れてさすがに窮屈である。

橿原神宮前で一挙に人が降りて空く。ここから建物が少なくなり、終着駅に向かって木が多くなり、杉檜の山が近くなる。停車ドアーが開くたびに寒気が容赦なく侵入してきた。

柄も頃母の形見の春着きて

平成九（一九九七）年元旦を迎えた句である。

まさこは母の形見の春着を着ていた。形見を着るということは、母の年齢に彼女は近かったのだろう。

「俳句文芸作家選集Ⅱ」にこの句は収録されている。ひとり四十三句が掲載されている。作家の今後のステップになることを期待して出版されたようだ。彼女は大いに啓発されたに違いない。

賑はひはこれからなりし宵戎

この日は宵戎である。熱気に押され、つい店に寄って衝動買いをしてしまう。寒い時期でも足の丈夫な彼女は、せっせと吟行に出かけた。

節分や非常リュックを点検す

毎年二月三日に、まさこの家は非常リュックを点検していた。賞味期限が迫った魚などの缶詰、乾パン、クラッカーなどを、新しい商品に入れ替えていた。

昼餉のご飯を仕掛け水菜を摘みに畑に行く。畑には未だ淡雪が。野鳥が来て既に水菜を賞味していた。大らかなまさこはそんなことを気にしない。

顔を上げると樹齢を重ねた椋がもう芽吹いている。

鶯の来てゐて障子開けられず

この句は二月十七日「毎日俳壇」特選で掲載された。「庭先から春告鳥の声。姿を一目だけと思うのだが障子を開けたことで逃げられては困るし」と、鷹羽狩行の言葉である。

山、川に近い庭には、年中野鳥が飛来して、まさこの句心を揺さぶった。

人形にミルク呑ますする春の風邪

三月「未央」誌上で詠んだ句である。

「ミルク呑人形と春の風邪が似合う。季題が生きている。子の機嫌が描かれ、快方に向かう顔が見える」と、塙告冬は褒めた。

風邪を引き学校を休んでいても、子供は体調が良くなると起きて遊びだす。

柿若葉が色を濃くしながら季節がどんどん進んでいく。

万緑の輿に乗りたる天守閣

五月に詠んだこの句は第十四回「日本伝統俳句協会」関西支部特選一席となった。選者の一人は吉年虹二であった。

「大阪城吟行の作。改装成った天守閣が秀吉好みの金ぴかの装いをあらわした五月の空であった。城壁の木々の万緑の上にどかと坐った姿は、神輿を思わせるものがあった。浪速人が待った七十年振りの改装。持上げて喝采する言葉に『よいしょ』がある。街をあげてよいしょされている。新装のお城の直ぐ下の大川に天神祭の日も近い」と、「未央」の主宰である彼は、拍手喝采の称讃をした。

大阪の人は親しみを込め、この祭りを天神さんという。

蜩に朝の茶粥の煮え立てる

この句は「未央」八月号で詠んでいる。

「山里の秋は早い。そして朝も早い。それを告げて鳴くかなかな。爽涼の朝を既に煮立っている茶粥。それも白粥と違って色濃く、ねばり気のないさらりとした番茶粥。茶粥と言うと、大和河内。作者の住む吉野の風土性が茶の香りと共に色濃くふいている」と、吉年虹二は講評した。

吉野は茶粥の名産地。炊きたての茶粥を、吹きながら人はかき込むのである。

一息の休止がリズムちちろ虫

九月一日、この句は「朝日新聞大和」巻頭で掲載された。

「こおろぎの歌の中の休止符は、それ自体リズムをととのえる役目をしている。作者の耳はよい耳だ」と津田清子はユニークな褒め方をする。

彼女は良い耳を持ったが、眼鏡なしで俳誌を読む眼も良い。それ以上に並外れの向上心が良い。

十月には庭の水仙の莟が立ち上がってきた。山は秋を惜しむかのように燃えている。残り少なくなったこの年を、人や車が忙しく動いていた。

その息をもらひぽつぺん唱ひ出す

平成十（一九九八）年一月、初句会の光景である。余興も交えた楽しそうな初句会のようすだ。彼女は歌ったり踊ったり、場を盛り上げるのが上手のようだ。

翌日、まさこの家の前を行く登校児らの白い息が連なっていた。そんな光景を、店番をしながら眺めていた。

初蛙低音にして力あり

二月に詠んだこの句は「婦人通信俳句」三月号に掲載された。

「蛙は冬眠から覚めると交尾をし、産卵してからもう一度土に潜ったり、草かげに身をひそめ静止する期間があるそうです。早春に出てきて雌に呼びかけているのは貫禄のある雄のようですね」と、森脇宵子の楽しい講評である。

低音は蛙の求愛の声なのだ。この辺の主蛙が「俺は、ここにいるぜ」とでも、蛙言葉で囁いていたのだろうか。

まさこは大地を舐めるかのように観察している。だからこの声を聞き取れたのだろう。三月にも「婦人通信俳句」で詠んでいた。

転び来し毬の止まりぬ白詰草

「白詰草はクローバーとか苜蓿とか呼ばれますが厳密には違ったところがあるそうです。近頃花の名を沢山季題にしてしまうという運動があるようですが、花の名を入れ替えただけで済むような句はよくありません」と、森脇宵子は戒める。

一斉に今日が出番の踊子草

この句は四月十八日に詠み「未央」に掲載された。

「踊子草とは名前からして可愛らしい。目立たぬ花だが句心をそそられる。吉野の作者が、さあ今日はみんなの出番だよとばかりに大阪の句会へ持って来られ人気を集めた。発想良く的確な表現により、一読のワクワクする楽しい句」と、選者の飯田京畔は褒めた。

春を待っていたとばかりに、名も知らない小さな草花たちも、一斉に咲く。そんな花をめがけて蝶や蜂がやってきた。

吉野風蛍袋に入れて来し

六月の句会にまさこは山野に咲いていた蛍袋と、家で採れた玉葱を席題に届けた。大阪ではなかなか出会えない釣鐘型のこの花を、俳人たちは取り囲むのである。

自販機の灯を取りに来る兜虫

外灯の少ない吉野の夜、灯の棒のような自販機は目立つ。好奇心旺盛な怖いもの知らずの若い兜虫が興味津々、近づいた。さてこの兜虫は、無事山林に戻れたのだろうか。

冬鹿のぬた場よごれに人よらず

秋に詠んだこの句は、「俳句文芸」で特選となった。
「鹿や猪などが泥浴びをする所がぬた場。ぬた場でぬたうってどろんこになった鹿は狩りの鹿ではない。きっと動物園の柵の中の鹿に違いない。可愛らしい仔鹿のときはみんな集まって来てじっと見られていたのに、どろんこ汚れの鹿は誰にも見られることもない。『ぬた場よごれがいい』」と、選者の辻桃子は称讃した。

まさこは生き物の「光と影」の「影」を捉えたのである。見えなかったものが見え、聞こえなかったものが聞こえるようになるには、歳月が必要なのだろう。

夫の友みな翁なり葛湯出す

この句は、十二月初めに訪問された夫の友人を「婦人通信俳句」で詠んでいた。

「笑顔を揃えて談笑される和やかさ、温かさが伝わってきます。吉野に住まれる作者が、本場の吉野葛でもてなしておられる様子が見えるようです」と、森脇宵子の言葉である。

訪問された紳士たちは、粋な翁になっている。

雪の上を猫後足ふるひつつ

平成十一（一九九九）年、新年をまさこは詠んでいた。飼い猫を通して寒さが伝わってくる。

積もった雪が溶けないうちにまた雪が。雪止めの屋根瓦に雪が止まっていた。

川風の強さを貰ひ猫柳

吉野川周辺を散策中にまさこが目にした光景だ。川風の強さの方向に猫柳が斜めに傾いて立っている。そんな中、辛夷が青空に芽吹こうとしていた。

梅二月昭和の遠し若沙の忌

「未央」でまさこは「若沙の忌」を詠んでいた。

五冊の句集を出版している故「中村若沙」は、昭和二十九（一九五四）年、婦人に俳句熱が高まったことに、「婦人通信俳句」を別冊として刊行した。三十三年間、「いそな」を主軸に伝統を踏まえ正統派の新しさを追求し、彼は昭和五十三（一九七八）年二月二十八日急逝する。

没後は「婦人通信俳句」が分身として生き残った。

まさこは汀女亡き後、中村若沙の主宰する「いそな」や「婦人通信俳句」で学び、俳句を深めていったのである。

散る花びら後よ先よと流れゆく

四月十日に詠んだこの句は、津田清子選で「朝日新聞大和俳壇」巻頭で掲載された。杉山に囲まれた中で咲く吉野の千本桜。吉野は押しも押されもせぬ日本一の花どころ。彼女は居ながらにして吟行しているかのような地の利を生かし、斬新な句を披露していくのであった。

第八章　山水

摘みしもの洗ふせせらぎ水温む

平成十二（二〇〇〇）年春、まさこは友人を誘って蕨や芹などを採りに行った。芹は山水などの湿地に自生している。蕨は灰を入れ熱湯を注ぎ、そのまま一晩置いて灰汁を抜く。翌日、主食の蕨御飯に。後は酢の物や油あげと煮たり、牛肉と炒めて副菜の一品とした。

散歩の途中、田んぼ一面に紫雲英が咲いていた。まさこは思わず寄り道をしてしまう。まるで紫雲英の絨毯を敷いたようである。幼き日、首飾りや花束にして遊んだ記憶が懐かしい。

母の日や夫と争ひちよつとして

五月十三日は母の日であった。彼女にしては珍しい句である。良妻賢母の見本のようなまさこだが、時には夫婦喧嘩も。ちょっとと表現しているが、句に詠むくらいだからその日の印象深い出来事だったことが想像出来る。喧嘩をするのは仲の良い証拠でもある。

吊橋の真ん中に来て河鹿の瀬

五月十八日に詠んだこの句は「婦人通信俳句」七月号に掲載された。

「可成り川幅のある渓流にかかる吊橋をこわごわ渡っていく。漸く中程にさしかかった時点から涼しい河鹿の声が響いて来て瀬のあることがわかり、来て良かったとの思いが、伝わって来ました」と、森脇宵子の選評である。

河鹿は渓流に棲む蛙で、雄はころころと涼しい声で鳴く。

たそがれて未だ紫蘇むしり終はらずや

まさこは毎年、梅をつけていた。そこに紫蘇も一緒に漬ける。売っている紫蘇に比べ、手作りの紫蘇漬けは柔らかくて美味しい。

家の近くには隠れ沼がある。伸びた草に沼がすっぽりと隠れてしまう。子供たちに追われた蜻蛉の、恰好の安全地帯となる。

走ってるつもり亀の子首を振り

七月に詠んだこの句は「俳句文芸」九月号で特選となった。

「亀の子は夏の季語。亀だけでは季語にならない。『亀鳴く』は春の季語。小さい亀の子がいて、そこいらを歩いている。何か急ぐことがあるのか首を振り振り歩いている。それでも一生懸命歩いている。亀の子はそれでも走っているつもりなんだろう。首を振りの動作で、走っている感じが表されている」と、塩川雄三は褒める。

当時、孫が亀を飼っていたのだろう。その動きを、俳人はじっと観察していたのだ。

八月始め、初生りの西瓜を畑から収穫した。西瓜は大きく冷蔵庫を占領してしまう。

近くのせせらぎの音に蟋蟀の声が加わってきた。この年の秋が始まろうとしていた。

扇風機後の山を廻しをり

山風、川風が通るまさこの家では、脚長の扇風機が大活躍していたのである。

初栗を拾ひ鉛筆落としけり

まさこは身近な山に行く時も、鉛筆と手帳を常に持ち歩いていたのである。詠むことがすんなりと体にしみ込んでいる。

栗山への坂道では、日当りの良い場所を選ぶかのように繁縷《はこべ》が返り花となっていた。

名水の流れ流れて秋は行く

吉野山から流れ出た水は絶え間なく吉野川へと注ぎ、秋も終盤に近づこうとしている。

手の届くところは私松手入

この句は「婦人通信俳句」十二月号に掲載された。

「老練の庭師がするものだと思う松手入を、手の届くところは見よう見まねで出来るとは大した腕前と思います。その気になって毎年よく見ていられたのでしょう」と、森脇宵子は褒める。

まさこは畑から収穫した大根、人参、蕪などの冬野菜を炒めたり、煮たりして、せっせと食卓に並べた。一方新聞や本類は読み残しが溜まるばかりである。

去年今年一分進む置時計

平成十三(二〇〇一)年を迎えた句である。夜空には真っ黒な雲の谷より、寒の月が上がっていた。

寒月や阪神地震の六年目

この日は一月十七日。

夜空には穏やかな月が出ている。まさこはあの阪神淡路大震災を決して忘れることはなかった。あの震災は天が人間の驕りを諌めるためだったのかもしれない。

二月初めにはもう蕗の薹が出ている。見つけられれば直ぐにもがれる。珍味ゆえか。この日の夕食に、まさこは蕗の酢味噌和えを考えていた。

時を経た目鼻なき辻地蔵が、まさこを見守るかのようにのんびりと立っている。

如月の晴れゐて風に痛みあり

散歩する二月の空は晴れている。だが風は彼女の頬を射すかのように冷たいのだ。

穴を出し蛇舌をもて土さぐる

三月三日に詠んだこの句は「未央」に掲載された。

「蛇は何のために舌を出すのか。謎とき動物記でも言う書があればと思うが手元にはない。穴を出ると周の天下に変わっていたという、虚子ならではの大らかな発想は有名だが盛んに出入りする不気味な舌で、土の何かを探っていると見た作者の想像力も楽しい。汚染の進む早さなど考えると身も蓋もない。亀が鳴き、蛙の目を借りる季節の春。これは昔人の遊びを楽しむ心。現代風春を愉しむ心も無駄ではない」と、吉年虹二は諭す。

舌を出す蛇を詠むとは大した俳句魂といえよう。俳人は庭で絶え間なく舌を出し入れする蛇と向かいあっていたのである。

山の辺の道の春泥今昔

この句は「朝日新聞大和俳壇」四月十二日、津田清子選で掲載された。

「雨でぬかるんでいるのか、雪が解けてぬかるんでいるのか『今昔』と、はっきりしないところが微妙」と。

田植機が踏切渡る吉野線

六月十四日「如月会」でこの句を詠んでいた。

「のどかでゆったりとした叙景的ですが、固有名詞が話題になりますが、『吉野線』が効いています」と、吉年虹二が褒める。彼はこの時、「如月会」の選者をしていた。

固有名詞は季語と同じぐらいインパクトがあり、扱い方が難しい。

参道は一直線や蟬時雨

吉野山をまさこはたびたび吟行している。山風に揺れる細き葉を両足でしっかりと掴み、まるで生きているかのような蟬の真一文字に裂いた抜け殻が目についた。

一本の杭に分れて鮎下る

八月の終り頃から釣り人は下り鮎を捕ろうと、川の右岸から左岸へと網を張る。

大台ヶ原を源にもつ水の豊かな吉野川は、その昔、万葉人の心を奪い鮎を躍らせた所であった。

土、日曜日ごとに、賑わっていた吉野川もついに人が来なくなり、この夏が終わろうとしていた。

紅白の水引活けて誕生日

まさこは七十九歳を迎えた。紅白の水引草を飾り、九月二十日が祝われた。赤飯に焼き鯛、根菜煮、青菜の胡麻和えなどが並んでいる。

亡き母の七厘いまも秋刀魚焼く

この句は「婦人通信俳句」十二月号に掲載された。
「先代ゆづりのものの中に七厘もあって秋刀魚を焼くときは、戸外へ持ち出し遠慮なく煙を立てることが出来る。母上への追慕にもつながり秋刀魚を焼くことを楽しんでいられます。七厘は七輪とも書かれますが、元の意味は七厘で買ったこんろだったことから」と、森脇宵子の言葉がある。
毎年、この時期に母譲りの七厘を出して秋刀魚を焼き、丁寧にまさこは取り扱っていた。

太陽に丸められたる柿をもぐ

収穫の秋に備え、鳥獣と人間との知恵比べがはや始まっていた。

この年は果物が良く出来た。通草、石榴、それに栗などが完熟の時を待っている。色付いた柿は、まるで太陽が丸めたかのような橙色だ。

大根に言葉をかけて漬けてをり

十二月に「漬」を詠んだこの句は「俳句文芸」で特選になった。「こういう言い回しはよくあるかも知れないが、漬物の大根には珍しい。漬物は食卓の隠れた王者だから。主婦としてもうまく漬かってくれるように祈るような気持ちで、大根に言葉をかけているようだ。大根の干し具合、塩加減、石の重しの軽重、水の上がり具合等、すべてが備わってないと駄目。俳句も同じ」と、塩川雄三は大根の漬物を通して、俳句の極意を教示した。

人形に泣かされにけり初芝居

この句は平成十四（二〇〇二）年一月に詠んでいる。まさこが涙を流した芝居とはどのような内容だったのだろうか。

翌日、畑仕事をした。野菜畑には犬ふぐりが茂っていたが、引くしかなかった。

朝刊の香りほんのり冬日向

この句は「婦人通信俳句」二月号に掲載されている。またこの号には、まさこのエッセー「流星」が掲載されていた。

「お母さん、早く起きて見、流れ星がすごいよ」に飛び起きた。

取り敢えず窓を開けてみることにした。庇の屋根からシューと白い尾っぽが滑り来てサァーと彼方へ消えた。一尾を追っている間もなく、次の紐が下りて来て、目の前を掠めていく。ぶるぶると寒さに震えながらあるだけの眼を開いて空を見据えていた。庇からばかりでない彼方の空を右から左へ斜め斜めに流れては消える白い紐である。獅子座流星と初めて知った。何かに取り付かれたように火球に白い長い尾の引いて行く速さを見据える私。天文学者デビットアッシャ博士によって二年も前に日本での大出現を予言されていたらしい。……

後日一秒間に六、七個流れたと新聞で読んだが、私の肉眼では一分間に二個ぐらいしか見えなかった。でも、こんな流星は生まれて初めて見ることができた。一つの流星の行く所に肉眼は追いつけず見失う。私は幽玄の世界に立っていた。……

このたびの獅子座流星は太陽を回る彗星の塵が大気に衝突して燃えたものが元禄時代の塵だと聞く。仰ぐ白息がより白くなってきたので、このショーを鑑賞することをおしまいにした。

彼女の文章に、この時のようすが手に取るように浮かぶ。まさこのように、真夜中に流れ星を観察した人も、きっと多かったことだろう。

鳩ふくれ雀ふくらむ涅槃西風

この句は「朝日新聞大和俳壇」巻頭で三月二十一日に掲載された。

「涅槃西風は陰暦二月十五日、涅槃会の頃吹く西風」と、津田清子は教えている。

次の句も同日、「毎日新聞大和俳壇」に掲載された。

一望の大峯大台夕霞

この句は山口峰玉選である。彼女が各社の「大和俳壇」に毎週投句していた証である。それにしても、二社の新聞に同日俳句が掲載されるのは気分が良いであろう。

区切られし青田青田の彩違ふ

里道の散策途中、農婦でもある彼女は、真っ先に植田が目に飛び込んできたのを句にしたのである。

雲仙の朧の中を降りて来し

この句は「俳句文芸」八月号で特選になった。

「朧のかかった雲仙を降りて来たという句だ。ただそれだけのことだが、雲仙、朧という漢字が現実とかかわりなく、雲中を仙境の朧の中を降りてくるようなイメージを生む。俳句とはこのように現実の事を言っていながら、どこかで非現実に抜けて行くことが出来るのが面白い」と、辻桃子は俳句の核心に迫るような言葉を吐く。

以前、紙と鉛筆さえあれば何処でも句が詠めると言っていたが、彼女は有言実行の人だ。

一葉落つ任せ切つたる水の旅

水の句も「俳句文芸」十一月号に特選で掲載された。

「川の流れ、しかも大河に落ちた。『桐一葉』が想像出来る。都心ではよくアスファルトに落ちてからからと風に吹かれる姿を目にするが、こちらは流れに身を任せて漂うのである。季題の意味としては葉の終の姿なのであるが、句からまたこれから生命の営みが始まるような躍動感も見て取れる」と、稲畑廣太郎は褒める。

この世の名残りを惜しむかのように、舞いながら山水に落ちた一枚の葉を、まさこは眺めていた。さて何処へ行くのだろうか。

「一葉」に、まさこは自分の命を重ねあわせていたのかもしれない。命あるものは何時かは朽ち、また甦るのではないだろうかと。彼女の好きな言葉、「輪廻」である。

命とは、もともと生と死が具わった表裏の存在で、生死は命の変化である。肉体は消えて無くなるが、死によって全てが終わるわけではない。

故人の生き方などはその子供たちによって引き継がれてゆくであろう。

第九章　青嵐

実梅育て梅園なれば堆肥置き

平成十五（二〇〇三）年四月、まさこは「婦人通信俳句」でこの句を詠んでいた。

梅の木にお礼の肥をあげながら、彼女は来年もいっぱい実をつけてくれることを願っていたのである。

この号の編集後記に、森脇宵子は次のことを記載している。

「俳句は非論理の世界の代表である。理屈の匂い、脳みその匂いを拒否し、純粋な情緒の世界を築き上げる。脳の世界ではなく、心臓の脈打つ世界なのである」と。

まさこは、ここに赤のボールペンを引いていた。心に刺さる言葉であったのであろう。

四月の終り頃から吉野の連山は、若葉の眩しい季節となる。咽るような新緑の季節へと進んでいく。

背くらべ兄に勝ちたる菖蒲の日

五月五日、端午の節句を詠んでいた。同居している長女の孫が年上の人と背比べをしたのである。柱には傷が何本かついていた。

河骨の花の明りや隠れ沼

家の周辺をこの句は写生している。近くの小川に小魚が泳ぎ河鹿もいる。隠れ沼には河骨が咲いていた。

花あしび静歩きし一之坂

彼女の住んでいる場所は一之坂という。鎌倉初期、静御前がこの辺りを歩いたのだろう。義経を慕う静に、まさこは思いを馳せた。

田舎の盆は八月である。彼女は毎年、父の好物の茶粥を炊き、南瓜の煮物を供える。彼女はそれらを法要に添えた。

色黒の大学生の盆の僧

第八十八回「大阪俳人クラブ」誌上俳句でこの句は入選した。

「昨今の寺の多くは後継者に悩んでいることが多いと言われる。盆になると籐編みの汗手ぬぐいをした僧が、スクーターで走り廻っているのをよく見かけるが、新盆の家、古い檀家回りと多忙を極める。仏教大学の息子が日焼けした顔ながら黒衣を付け、父や祖父の代参をしている風景はほのぼのとした盆の風情が。スポーツマンの大学生の日常を垣間見せて浮き立ってくる。檀家の老婆が手を合わせている様子まで伺える句である」と、選者の東ただしは褒めた。

まさこは自宅を訪問した大学生の僧を詠んだのである。

吉野の夏は子供の好きな虫の宝庫である。彼女は人に好まれない爬虫類を詠んでいた。

青大将真一文字に皮を脱ぐ

我が家より何処へも行かぬ蜥蜴の子

子供の好きそうな昆虫は周りに沢山いる。

瓶底に鍬形虫の仁王立つ

蛍火を追ふ忍び声忍び足

かまきりを鎌もて追へば鎌に乗る

人の嫌う蚊や羽蟻も季語になる。

佇めば蚊の待ち伏せに裏山道
数万の羽蟻が一挙火を取りに

まさこの家の周辺からは、夏の早い時期から螽斯、蟋蟀、鉦叩などの声がした。

鉦叩き延拍子はた早拍子

「毎日新聞大和俳壇」に掲載されたこの句は、平成十五年度「年間優秀佳作」になった。
「昆虫の鉦叩きでチンチンとまるで鉦を打つように鳴くという。その声が雅楽でいう延拍子にまた早拍子にも聞えることがあるというのが面白い」と、選者の山口峰玉は講評した。ちんちんと澄んだ声で鳴くが、姿を見ることは難しい。

台風の季節が来た。吉野川を挟んでまさこの家から、向山のようすが手に取れる。大雨による増水は吉野川の塵芥を一掃していく。

待つ心待たす思ひに月仰ぐ

吉野川が間近いまさこの家から、川面に映る月も見えたことであろう。月見団子と共に、収穫した豆も供え、満月を愛でたのである。この月夜に野原から虫の声も加わった。

全身をふり搾りをり虫の秋

当時、まさこの家では鈴虫を飼っていた。吉野では室内の隅で鈴虫を飼育している家があった。彼女はじっとそのようすを観察していたのである。

時の流れは早く、俳句三昧、投句三昧のこの年が師走を迎えようとしていた。十二月の押し迫った二十六日、まさこは句会に出かけた。

縦横に駅のホームの寒さ浴び

容赦なく山風が吹き降ろし、川風も吹き上げてくる吉野神宮駅。真冬でも彼女はこの駅から近鉄電車に乗り大阪方面に向かうのである。

夢に夢見て歳末の宝籤

街角では、年末ジャンボ籤を求め人が並んでいる。日は進み月は追いかけ、今年もあと残り少ない。

福引に百万ドルの笑みもてり

年末のがらがら籤を引く人が商店街に並んでいる。この時、一等賞が出たのだろうか。

人人人笹笹笹や初戎

平成十六（二〇〇四）年、彼女は初戎を詠んだ。商売の繁盛を願う人の熱気は寒さを吹き飛ばす勢いがある。押すな押すなの人で溢れていた。

一月の句会に行く日、吉野神宮からの車両は暖房をしていても暖かくない。利用客が殆どいないのである。まさこは途中から乗車してきた女性の横に座り直した。

大いなる毛皮婦人に隣席す

彼女は最近、ほとんど服を新調していなかった。昔の衣類は品質が良く、デザインは時代遅れでも生地がしっかりとして温かい。句会の帰り道、梅が硬い莟を宿していた。

霜解けの湯気上げてゐるトタン屋根

吉野は瓦屋根の家が殆どだが、未だ路地にはトタン屋根の家が点在している。日陰のトタン屋根の霜はなかなか溶けなかった。

春の雨散歩の犬も合羽着て

春先は三寒四温で天候が変わりやすい。まさこの家でも犬を飼っていたことがあるが、服を着せたことはなかった。今は薄手、厚手の動物専用の服が売られている時代。まさこが育った時代には考えられなかったことだ。

大空に信号機なし鳥帰る

三月に詠んだこの句は、「大空に扉はあらず鳥帰る」としたが、再度推敲したのである。まさこが空を見上げた。その時、果てしなく広がる信号機のない広大な空を、鳥が気流をとらえ目的地へと向かおうとしていたのだ。

みよし野の川原が座敷子供の日

五月の晴れた日、孫が来た。一緒に川原に行き、サンドイッチやおにぎりを頬張る。その後、吉野川の風を浴びながら、浅瀬に足をつける孫たちをまさこは見守っていた。

日向へと大移動せりあめんぼう

小魚や不思議なあめんぼうを見て大喜びをする孫たち。小石を川に落とし、その音に燥いでいる。吉野川には雑魚を狙って鷺もいた。

差し足で白鷺鮎の瀬を歩く

六月に詠んだこの句は「天理時報」巻頭で掲載された。「白鷺が『抜き足』『差し足』とはおもしろいですね。観察も鋭いですし表現にも工夫が見られます」と、あおきあきおが褒めた。

背に陽を浴びながら、長時間足を水に浸け、鷺は雑魚をじっと狙っている。

幽かなる音は竹皮脱げるとき

こういう光景に出くわすのは、通うかのように竹藪に行っていたからだ。

持山では藤が友禅に染めたかのように咲き誇っている。朝な夕な囀りの聞こえる季節。山からは、「てっぺんかけたか」という時鳥の谺返しに応えるのが聞こえてきた。

蟻の道果物屋へと入りたる

この句は「未央」の課題「果」で詠んでいた。

「芳醇な果物の香が『蟻の道』を通して漂って来る様だ。店の三和土に熟れた果物の汁が滴りでもしていたのか。確かな光景をそのまま描写しているにも関わらずパロディー性が匂う様な一句。余裕の俳句と言う言葉を髣髴させる」と、選者の石川治子は褒めた。

更に擬人化した蟻の句がある。

蟻たちの大名行列門の先

食べ物を運んで行く蟻の行列は、テレビの時代劇で見た大名行列を思わせる。孫たちが食べこぼした物さえ、俳人は句にしていくのである。

夜泣き児をだまらせにけり青葉木菟

夜泣きした孫をおんぶして部屋から出た時の句だろうか。暗闇の中での突然の声、驚き我にかえる孫。吉野には青葉木菟もいる。

翌日、いつもは夜鳴く青葉木菟が台風の前ぶれを知らせるかのように昼間啼いていた。

落栗のここよここよと光りをり

まさこの山には栗の木がある。毎年、栗拾いをしている童女のような彼女の眼が、捉えたのである。この年は豊年で大量に収穫した。

田も畑も雪一枚の下にかな

十一月に詠んだこの句は「大阪俳人クラブ」に入選した。「山村の雪景色を『一枚』と言う言葉で言い尽くした見事な省略と真っ白が目の前に広がる余韻が」と、岩垣子鹿が褒めている。

早くからこの年は雪が降った。

この頃より、後日、日本EU俳句友好大使となるヘルマン・ファンロンパイは俳句を始めた。一九四七年十月ベルギーブリュッセル生まれで、当時五十七歳であった。俳句は日本の文化だけでなく、世界へ広がろうとしている。

月冴えてきらりきらりと川曲がる

平成十七（二〇〇五）年、新年を詠んでいた。

一月末から彼女の夫が約半年間入院生活をおくる。まさこは「窓枠のシネマと題して」夫に付き添いながら作句していた。そんな心情を「俳句日記」に吐露している。

「今年一月末より夫の病床の付き添いとして約半年間の病院生活が始まりました……外を眺めていれば日々の違いをこの目でこの年で授かることが出来ました。山が動いている。小鳥が鳴いている。朝日が差してくる。雲の形が変わる。鳥が飛ぶ。夕日が引く。月が上がる。雪が降る。花が咲く。ああ山が生きている。私の五感を目覚めさせてくれました。ふと窓枠のシネマと呟きました。取り留めもない感動を句に託しその日その日を消耗しておりました。」

九月の始めに夫は退院した。そんな句の中の印象深い句がある。

窓枠に修まり切れぬ山朧
風入れてもんどり打つて山笑ふ
夏台風山は沸騰してをりぬ

そんな中、夏に「胡瓜」を詠んだ句が「俳句文芸」で特選になった。

腰曲げて勾玉振りの胡瓜かな

「ここ何年も胡瓜を食べたことがない。いや正確に言えば胡瓜の味がする胡瓜らしい胡瓜を食べたことがない。スーパーの胡瓜は青白いこと、水っぽいこと。したがって不味いこと。やはり胡瓜は腰曲りの捻れたやつがいい。勾玉振りの胡瓜ともなれば最高級である」と、選者の那須淳男の言葉がある。

売られている胡瓜は真っ直ぐなものばかり。だが畑にできるのは歪なものが多いが、味は良い。しかも売られているものより瑞々しい。

あれやこれやと書籍積み上げ日短

彼女の夫は退院したが体調は良くなかった。本を買っても、まさこはなかなか読む時間が取れなかった。冬至を迎え、お粥を用意したり南瓜をポタージュにして、夫に食欲が出るように気を配っていた。今生きている喜びを共に感じながら。

辺りにある木工所から、冬空に向かってまっすぐに煙が伸びている。

同時期、第九十五回「大阪俳人クラブ」で彼女の句が特選に輝いた。

青嵐山は発酵してをりぬ

「青葉若葉が強い風によって、まるで青い嵐のようだというこの季語は初夏の壮大な美しさを表している。作者はその青嵐に覆われた山を『山が発酵している』と感じられた。『発酵』の本来の意味は難しいのだが、この句では新緑の山の発する炎えるような咽せるような緑色息吹とエネルギーがこの言葉を呼び寄せたのであろう。作者の大胆で独自の感性に共鳴する」と、選者の小泉八重子が称讃した。
まさこは青嵐のように秘めたエネルギーを、俳句へと昇華させていくのである。

第十章　初秋

蜩の管弦楽に夕べ来る

蜩は夏から秋にかけて鳴く。鳴くのは雄だけである。夏の夕暮れ、一匹が鳴き出すともう一匹が続く。更にもう一匹が。それが輪唱となり、何百匹もの合唱となる。背山全体が蜩の声に染まった。その響きはやがて隣の山へと移行していく。

吉野は歴史の舞台となった所である。幾百人もの血が流れた場所である。寂しげで悲しいような、そしてよく通る蜩の声。古人の魂が音声となって放っているかのように思えてならない。

車椅子夫のシンボルパナマ帽

秋晴れの日、まさこはその日の夫の体調を見て、車椅子を押し散歩をした。

彼女は看護の合間をみて、好天には出かけた。寒さと共に吉野の紅葉は、日毎に色鮮やかになってくる。線路際では葛が滝のように垂れ、畑の上では秋の蝶が舞っていた。

狛犬の吽の背に乗る栗の毬

栗山に行く途中、毬ごと落ちた栗が狛犬の背に乗っていた。栗山では毬から栗が飛び出している。まさこが通った後にも、毬栗の落ちる音がした。

大晴の農業公園鵙鳴けり

大晴の秋日和、公園では野菜市などが行われていた。鵙が一際高く響いていた。彼女は合間をみて句会にも参加していた。

まほろばの三山極め秋の晴

この句は「婦人通信俳句」に掲載された。
「三山とは奈良盆地の南にある三つの山で北に耳成山、東に香久山、西に畝傍山のことです。秋晴れに美しい稜線がくっきりと映える様子を眺めて出来た句と思われます」と、立花敏子の言葉である。

まさこは吟行地での情景をシャッターを切るかのように、言葉で描写したのである。

小春日は吾輩のもの縁の猫

十一月に詠んだこの句は「俳句文芸」で特選になった。「吾輩は猫であるをもじっての表現である。小春日の縁に心から安らいでいる猫を見ていてこの句が生まれたのであろう。単に小春日に安らいでいるというより、小春日は吾輩のものと詠ったことによって小春日の季題を更に強調されたものと感じるのだ」と、山下美典は褒めた。飼い猫がのんびりと日溜まりの縁側で寝そべっていた。野良猫も日溜まりをよく知っている。野良猫たちはそんな場所に集合している。

同時期、第百八回「大阪俳人クラブ」で特選になった句がある。

すべての手広げてをりし花八つ手

「俳句が隠喩の文学かどうかわからない。八つ手の伝説は古くシャーマニズムの歴史と共にあった。その葉で邪悪を退散さすという。花もまた奇っ怪だ。これは専門分野だが八つ手の花を調べているとその花によるが十枚に分枝して咲いている。それが満開の時は全てが手のように見えるだろう。全ては隠喩だがそのように捉えた作者の視点のアングルがいい。加えて対象をよく見るという卓越した作者だ。その全てがすばらしい」と、福田基は大いに褒めた。
吉野では庭木として八つ手を植えている家が多い。まさこは吉野建ての二階から、一階の庭に降りていく外階段の間際に花八つ手を植えていた。上から見た花八つ手を捉えたのである。

まんまるさ神々しさや冬の月

夫と共に眺める夜空には、冬の満月が神々しく光っていた。来年も夫と一緒に眺めることが出来るだろうか。そんな思いを抱き、まさこは満月を見上げていたのである。

雲影に撫でられながら山眠る

句会の帰りに見る近鉄吉野線も、山が削られて、宅地開発が進んでいる。削られながらも山は小春日を纏っている。その山は眠りの世界に誘われようとしていた。

冬桜玄関に活け吉野建て

正月にはまだ早い十二月初め、まさこは山から冬桜を持ち帰り、玄関に飾ったのである。

町川の青藻もふくれ水温む

平成十八（二〇〇六）年一月四日に詠んだまさこの句である。

灰となり天はがれ来る雪の舞

この年は特に寒かった。暫く雪の降るようすを観察していた。ヒーターのはき出す水までも凍っている。

凍返る土ことごとく浮き上がる

吉野は耕した土さえ凍てる寒い大地だ。吉野町は奈良県のほぼ中央に位置している。町の八割を山林が占めていた。家や田、畑は山に太陽が遮られ日照時間が少ないから寒いのだ。しかし太陽を遮る山々は、高品質を誇る千古の吉野杉、檜で占められ日本三大人工美林と称されている。

杉、檜の植林は二百年前になる。二百年前といえば江戸時代だ。時を経た那由他の木が町を陣取っている。

山笑ふその懐に住みにけり

気がつくとせせらぎの音も円やかになって寒が開けていた。ポストに行く途中、陽当りの良い水辺には、もう蕗の芽が出ている。蕗の薹は早春を告げに来たのだ。

天が引き地が押し上げし蕗の薹

「ケキョケキョケキョ」と、鶯の谷渡りが聞こえてきた。鶯はまさこに歩くのを促しているかのようにも思える。彼女が店番をしながら見る小学生は、囀りを聞きながら整然と登校していた。

学童と朝の挨拶葱坊主

通学路の畑には葱坊主が整列していた。キャベツ畑では初蝶が誕生していた。畑に飽きた蝶は寺庭の方へと移動する。土塀を越えた蝶はもう見えない。

こぼれた種に桜草が道端で花を付けている。近くの小川で子の燥ぐ声がした。

子等の声行ったり来たり春の川

夫の看護の合間を見ながら、母の遺品なども整理していた。なん足もある母の残した足袋。どうしようか迷っているうちに、時間が過ぎていく。

あるときは背泳ぎも見せ鯉のぼり

五月の風に大きな鯉のぼりがはためいている。吉野では男の子が誕生するとことのほか喜ばれるようだ。

裸婦像の乳房を撫づは若葉風

五月十三日に詠んだ句である。何処へ吟行に行ったのだろうか。彼女にしては珍しい句である。

躓《つまづ》いて筍と知る藪の径

五月二十四日詠んだこの句は「婦人通信俳句」に掲載された。

「薄暗い竹藪の中、筍掘りに行っても素人には筍がほんの少し頭を出しているが、なかなか見つかりません。蹴躓いて、ああこんな足元に筍が頭を出していたと気づきます」と、新井典子の選評がある。

まさこは先ず主食の筍御飯にする。木の芽和え、若竹煮などにもして食卓に旬を並べたのである。

畑へ来て毛虫下さいと豆学者

まさこが店番をしていると、虫を催促して生徒が来た。毛虫とは蝶や蛾の幼虫である。理科の時間に使うのだろうか。無農薬を心がけていた畑には青虫がいた。

近くの小川では今年も河鹿が鳴き始めた。亡き母が呼んでいるかのような声にも聞こえる。青葉の夜更け、傍で夫が静かな寝息を立てていた。寝付けない彼女がうとうとしかけた頃、突然青葉木菟が鳴く。その声に目覚め、先のことを考えるとまた寝付けなかった。

その香り全身に浴び紫蘇を揉む

この句は「毎日新聞大和俳壇」巻頭で八月五日掲載された。

「赤紫蘇は、梅漬、生姜漬の色づけになくてはならない。葉を揉むと全身はもとより家中が匂いに包まれる」と、紫蘇揉みを経験したかのように、山口峰玉はいう。

まさこは毎年、梅と生姜を漬け、その色付けに紫蘇を漬けていたのである。

仰ぎゐし吾に被さる花火かな

毎年夏に、吉野では花火大会が行われている。空いっぱいに広がる花火を仰いでいると、まるでまさこに被さってくるかのようだ。

近頃はハート型等の斬新な花火もある。最後に打ち上げられる連発花火は見ごたえがあり、夏の楽しみでもあった。花火大会の夜は出店がある。家族連れで来る子供の為に金魚掬いもある。大人には生ビールの販売もしていた。

雲の峰回してをりし観覧車

夏に詠んだこの句は「俳句文芸」十月号で特選になった。

「観覧車は大阪でもよく見かける。大阪駅や天保山、関西空港など高い所から眺める風景はまた楽しいものだ。大きい輪に人が乗る箱をつるしてゆっくり回るのをあたかも今空をおおっている入道雲を回していると表現している。非常に面白い表現でどきっとさせるところがよい」と、意表をついた彼女の視点を、塩川雄三が褒める。

五カラットのサファイアニつやんまの目

やんまの大きな目がサファイアとは面白い。指輪にしても映えるような大きな目玉をしている。やんまは大形トンボのことで秋の季語になる。地面近くを一匹で飛ぶ。この時期、秋茜は群れて飛んでいる。この地域では「そんじょさん」という。あの世から先祖の御霊が蜻蛉となって里帰りしているとも言われている。

わが古家虫時雨以て包まるる

彼女の家の周りは草木が豊かで山水も流れており、虫の生息には最適の場所である。食後に飲んでいるまさこのコーヒーにまで虫時雨がしみ入るかのようだ。

この時期から一挙に曼珠沙華が咲く。彼岸間近になると魔法をかけたかのように、にょきにょきと茎を伸ばす。ぼってりとしていながら繊細な花である。鮮やかな大輪が多くの人を魅了するのだろう。曼珠沙華の命は五日間位。燃えるような朱色は、あの世の人にも届くかのように思える。まさこは曼珠沙華が好きなのだろう。

目鼻なき石仏囲み曼珠沙華
曼珠沙華吉野静の舞のごと
曼珠沙華手折るや汀女偲ぶなる

九月二十日は汀女の命日である。まさこが汀女に会ったのはたった一度だけ。だが俳句の基礎を学ばせて頂いたのは、あの添削指導のおかげであった。

大仏の肘突き程の大南瓜

夏に詠んだこの句は「俳句文芸」十一月号で特選になった。

「よほど暇になったのか人間は自然をもてあそぶようになった。四角の西瓜や種無し葡萄は有り難いが、先日頂いた種なし梅干には違和感を覚えた。なにもそこまで改良する必要などない。さて南瓜も人間のお遊びの対象となった。南瓜コンクールを開いてその大きさを競うのは愚の骨頂」と、那須淳男は諭す。

南瓜は意外なことに秋の季語である。大きなもの小さなもの、長細いものまである。食用以外の観賞用、飼料用もある。

初秋の風なでてゆく塩むすび

新米の季節、「ひのひかり」を彼女は炊き上げ塩むすびを握った。紅葉にはちと早い吉野の山を眺めながら、夫と共に縁側で新米を味わっていた。来年も夫と共に新米を味わえるという確証は無い。今、共に過ごせる一瞬一瞬をまさこは大切にしていた。

第十一章　化身

川底に鯉かたまりて寒に入る

平成十九(二〇〇七)年一月五日に詠んだ句である。夫は小康状態を保ちながら新年を迎えた。

我が鼓動沈め笹子に耳澄ます

一月の末には、もう笹鳴きが聞こえる。散策の途中、彼女は冬鶯の声をまっていた。未だ舌足らずとも思える鳴き方である。

万葉の歌の息づく猫柳

川波が光り、吉野川沿いには猫柳が芽吹こうとしていた。

日をとらへ一枝力みて梅白し

温かな陽射しに椿の蕾が今にも開きそうだ。白梅も一輪、二輪と咲いている。散歩途中の畑には、いろいろな種類の水仙が咲いていた。挨拶をして、しばし世間話をしている彼女に、村人は話しかけた。

「いくらでも水仙、摘んで持って行きなはれ」と、嬉しい言葉を投げかける。

頂いた水仙を彼女の書斎の片隅に飾り、早速一句認めた。

水仙や八方美人に活けらるる

郵便ポストへの道を散歩していると大地には蓬、繁縷《はこべ》、烏のえんどう、犬ふぐりが咲いている。近隣の木工所からの煙が日陰を這うように流れていた。その煙の暖かさで野原の霜が少しずつ解けていくのである。

夫は一進一退の状態であるが、夫の姉は元気で百五歳の春を迎えようとしていた。

御伽絵の電車が通る花の山

この句は四月に「婦人通信俳句」に掲載された。

近鉄電車には、ここ何年か前からカラフルな絵を書いた電車が登場するようになった。そんな絵の電車に出くわしたり、乗ったりすると何だか浮き浮きして童心にかえったような気がする。

花吹雪テニスコートを白めたる

桜の命は短く、生徒が使用していない高校のテニスコートの上は桜吹雪で染まっていた。放課後、生徒達はラケットで玉を追いながら春を打ち、春を打ち返していた。

庭には真っ白な小粉団の花が咲いている。花は撓んだ枝に小さな毬状になった。毬となった花が大きすぎ重くて地面についている。家の周りでは河鹿が鳴き始めた。

夫は気の許せない状態が続いている。点滴で命を繋いでいた。

四月二十八日、夫はまさこや娘夫婦、孫などに見守られる中、とうとう旅立った。

骨抱いて河鹿鳴く家へ帰り来ぬ

五月三日の句である。母を見送り、父を見送り、今、また夫を看取ったこの時、彼女は八十四歳であった。母や父を亡くした時とはまた違うもっと深い悲しみが襲った。

夫が逝った今、今度は自分が家長としていかねば。過ぎ去った日々を思い返しながら夫の遺品を眺めていると、涙がどうしようもなく込み上げてきた。夫の葬儀の後は、七日ごとの法事や香典返しなどの雑事に追われたが、そんな中で詠んでいた蜘蛛の句が「俳句文芸」八月号で特選に。俳句を詠むことが、まさこの生活にとけ込んでいたのである。

女郎蜘蛛おのれ信じて下り来し

「糸を下る姿が如何にもきびきびとしているのは糸を信ずるだけではなく、己の見定めの確かさが、自信を示していたのである。蜘蛛の名をそれに付く女郎のあでやか感じの交りあいを含めて『おのれ信じて』となったのだと思う」と、阿部ひろしは褒めている。

隙あらば蜘蛛は網をかけてくる。場所に応じて。レース模様を風に乗せ、真ん中でじっと人の気配を窺っている。

「未央」の句会に行く日、彼女は口紅を付けた。口紅は女性の一番の引き立て役である。特に紅は。夫の逝った寂しさを気づかれないようにしていた。

夫逝きて机上に残る夏帽子

この句は夫が逝って間もない頃の句である。

八月の夜、まさこは星空を眺め夫を偲んでいた。

天の川願ひの紅い糸の切れ

見合いで初めて夫に会った日のこと、白無垢姿のまさこを見た夫の満足気な表情。第一子を身籠もった喜びを告げた日のことなどが思い出され、また涙が頬を伝う。

父母在す夫在す墓地蟬しぐれ

夫の初盆も済ませ、彼岸の墓参りをした。まるで我が墓を覆っているかのような蟬時雨である。蟬は諸行無常の今を、翌日も激しく鳴いていた。

秋の夜は一日の中で最もゆっくりする時。昼の暑さが去って静けさと涼しさが訪れる。吉野の秋の夜はそこはかとなく風情があるが、夜半、一人になると亡き夫のことが浮かんでくる。共に過ごした日々が蘇り、まさこにとって辛くて長い夜となった。

翌日見上げる空には、鰯雲の大群が押し寄せている。

鰯雲白鷺二羽が雲になる

鰯雲は高空に現れる秋の雲である。黄金の稲穂の周りには、真っ赤なシャツを着せられた案山子が立っている。畦道には彼岸花も咲こうとしていた。

掛稲のところどころの青さかな

地元では今も天日に稲を乾かしていることがある。天日干しの米は甘くて美味しい。
夫が逝った年の師走が来た。あれもこれもしなければと気持ちばかりが先走った。予定通りには仕事ははかどらず、年の瀬の一日は過ぎるのが早い。ポストへの道を歩いていると銀杏を拾っている人もいた。

美しき地球の傾き冬夕日

まさこが長年投句していた「婦人通信俳句」が、この年の十二月で終刊となった。そのことに寄せた一文がある。

「（略）……『いそな』に入会させていただき、しばらくして一冊の婦人通信俳句誌が送られてまいりました。先生は、亡き若沙先生のご意思を一途にお受けになり、先生なき後も、今日に至るまで、若沙先生を師と仰がれ、頭の下がる思いが致します。……

婦人通信俳句誌は、他にない独特な形態で表紙から裏表紙までびっしりと俳句のことが詰まり、たやすく鞄に収まり、当時早朝から通勤していた車中でも手放す事なく、海外旅行にもお守りのようにバックに入れて行きました。……

手軽で、ずしりと中味の重い婦人通信俳句誌です。先生はじめ、句友からの心です。

世の中は終わりなく、回転して夜明けがきます。私の好きな言葉は輪廻です。

婦人通信俳句誌に携わって下さいました亡き若沙先生や、現在お元気な中村芳子先生、宵子先生の良きパートナーであられた故良美様や、亡き句友の先輩達を偲びつつ、婦人通信俳句誌を一からひもとくことのなつかしさが詰まっております。……」

大欅より初日の出仰ぎけり

夫は逝ったが、まさこが平成二十（二〇〇八）年の新年を迎えた句である。「未央」の初句会で彼女は野水仙を持って行った。蕾だった水仙は句会場で咲いたのである。

天塩かけ土がくれたる水菜かな
真っ白な命を貰ひ大根引く
朝の霜はねて掘り出す赤蕪

寒空に、畑では冬菜が豊かに育っていた。この年はよく雪が降った。小学生達は集まって来て楽しそうに雪だるまを造り、雪合戦もしている。雪に電車のダイヤも乱れた。

春の陽が溢れるようになった頃、庭には花馬酔木がさいている。千手を広げたかのような桜は、里道や校庭で咲いていた。この時期、桜を追いかけるかのように梨の花が咲く。

百年の樹齢に楚々と梨の花

梨の花は、薄緑色の葉に清楚な花を付ける。隣町の阿太高原では、まさこの親戚が二十世紀梨を栽培していた。

ルルルルとフイフイと河鹿鳴く

四月十一日に詠んだこの句は五月八日「朝日新聞大和俳壇」巻頭で掲載された。「清流に玉を転がすようにして鳴く河鹿の声に耳を傾けていて、聞きとめた擬声語が効果的」と、茨木和生は講評した。

まさこはこの句が好きで、短冊にしてずっと自分の部屋に飾っていた。一雨ごとに若葉が成長し、木々がどんどん膨らんできた。歩数計をつけて散歩していたまさこは新緑の下で一休みした。六千歩にはもう少しある。

黒南風にもぐら威しのよく廻る

この句は「毎日新聞大和俳壇」巻頭で六月二十七日に掲載された。「梅雨に吹く南風を黒南風と言い、梅雨明の南風を白南風という。掲句は風車の調子がよく廻る土竜威しの写生。黒南風に効果あり」と、山口峰玉は講評した。彼女の住まい周辺は、山風、川風がよく通る風神の道である。

陽炎はどんな形と問はれても

「未央」の課題句「形」を詠んで七月号に、この句は掲載された。選者の古賀しぐれはユーモアに仕上げたまさこの句を褒めている。

どんな課題にも果敢に挑戦していく彼女は、情熱の人である。

天塩なる母が梅木に蛍来る

今年も蛍が生息していた。父が植え母が育てた梅木に蛍がいる。

暑さで昼顔がうなだれていた。年を重ねると暑さもまたまさこの身に堪えた。

彼岸の墓参りに娘が孫を連れて来た。墓参りの後、彼女は孫と吉野川に行った。

しまひには胸まで濡れて水遊

孫とのひと時は、日頃の何もかも忘れて無邪気になれた。彼女にとって何より楽しい時である。

孫の溢れる元気に我を忘れる。子供はなんでも玩具にしてしまう天才である。

この日、孫は蒲鉾板を相手に水遊びをしていた。八十を過ぎた彼女にとって孫が来て嬉しくもあり、また帰ってホッとした。

道ふさぐ横一文字穴まどひ

山道には冬眠に備え穴を探している蛇がいた。まさこより蛇の方が驚いたようだ。

秋も終わりになると吉野の家の軒下に吊し柿を見かける。心づくしの天日干しの柿は甘くて美味しい。彼女も吉野の山風と川風に、この年の吊し柿を委ねていた。

たらたらと雫垂れをり木守柿

柿の木に一つだけ実を残すことをこの頃にする。来年もよく実がなるようにという願いと、冬場に餌のない野鳥のために残した。

吉野建て地下一階の夜長の灯

傾斜地の多い吉野は吉野建ての家が多い。道に面した場所が客間になる。住人の生活の場はその下の階だ。建築家を志した先人が生み出した知恵なのだろう。彼女の家も吉野建て。夜遅くまでまさこは句を推敲していた。

侘助の白の気持ちも生けらるる

庭から持ち帰った侘助を一輪、机の片隅に飾ったのである。年末に電子辞書をまさこは購入した。八十を過ぎて電子辞書を購入する人は多くはないであろう。

美しき風の化身の乱れ萩

萩を詠んだこの句は「花鳥諷詠」十二月号で特選に輝いた。
「萩の枝が伸びて花が咲き大きな萩叢が出来ると風に応えるように大きく揺れる。何度も風に吹かれると枝が乱れて来る。それも又萩叢らしく美しいと見る作者。風の化身という表現が見事であり、ただ美しいと述べたのではない。一句の力が感じられる」と、稲畑汀子が誉めた。
「花鳥諷詠」とは昭和二（一九二七）年、高浜虚子が主唱した俳句作法の理念である。

平成二十一（二〇〇九）年の春、夫への思いは深く遺骨は仏壇の中にあった。

三月十四日、昨夜までの雨が上がった。いつまでも自宅には置いておけない。明日は彼岸の入り。

明日こそ墓に納めよう。溢れる涙の中、まさこはそう決めたのである。

第十二章　花時

山風に花の万朶のもだえをり

この句は平成二十一（二〇〇九）年四月二日にまさこが詠んでいる。「万朶の花が乱れ動く山とはもちろん吉野山であろう。百人一首に『むべ山風を嵐といふらん』があってこの句の山風も吹き降ろす或いは吹き上げる春疾風に近い東風かと思う。吉野山の花吹雪は、一山を揺るがし幾百の谷に舞い込む壮麗な舞である。その落下寸前の情景であろうか。万朶の花の枝が揺らぎ始めたのをもだえと感じとった感性は写生の真髄をつくしたものである。長い間吉野に住まれ今だにその山裾に住まれ、桜を愛され黙々と句会に出席され努力を、重ねて来られた写生力が、この句を生んだものと敬服する。虚子、爽雨両先生のお言葉通り日々の努力が非凡な句を得られたのである」と、「未央」で詠んだまさこの巻頭句を岩垣子鹿は絶讃している。

問はるるも問ふも旅人花の山
花か雲か雲かさくらか吉野山

ゆさゆさと光の揺れて花万朶
老幹のしぼり出したる花万朶
苔つけて千手広げし山桜

彼女は桜の句を多く詠んでいた。

吉野の春は華やかである。桜を求め日本全国から、又海外からも人が来る。世界遺産の蔵王堂には、一日で四千五百人が来訪したこともある。吉野町の人口は令和三（二〇二一）年十二月で六千四百七十一人。いかに多くの人が吉野に来ているかが解る。

近鉄阿倍野橋駅から特急で一時間余りで来ることができる吉野行き電車は満員である。花時は臨時特急も出ている。近鉄吉野線の終点が「吉野駅」で、吉野山の玄関である。

山道は押すな押すなの人で溢れんばかり。この時だけは大都会並みの混雑である。盛りを過ぎても桜の精に吸い寄せられたかのように人が来る。

蛙鳴く夫三回忌終へたるに

夫が逝って早二年。夫が逝った日と同じようにこの日も河鹿が鳴いている。娘夫婦、夫の親戚など集まって法事を済ませた。ぽっかりとあいたまさこの心の大きな傷は簡単に癒えないが、俳句を詠んでいる時だけは無心に過ごせた。

葉桜が風に踊っている。無農薬をつらぬいた苺が今年も実り、五月雨を聞きながら彼女は苺を煮詰めジャムを作っていた。

山風に背泳ぎもする鯉のぼり

この句は「毎日大和俳壇」巻頭で五月二十二日に掲載された。

「山々の吹き下ろす風に、時には、背泳ぎも見せる。過疎を守るにも、詩的な情緒があり田舎のよさをたたえている」と、山口峰玉は褒めた。

まさこの家の周辺は山風の通り道で鯉のぼりが映える場所である。

沢蟹の両の手のちよき私ぐう

六月の句会には小川で捕れた沢蟹を持って行った。サービス精神の旺盛なまさこは、句会に届けるのは花だけではなかった。沢蟹を見つけた時、小川で二、三歳位の子を遊ばせていた若き母親の足十指には、真っ赤なペディキュアが澄んだ水に浸かっていた。
解禁になった吉野川では、釣り人もいるが白鷺も連れときて鮎を狙っている。

梅雨明くや大空笑ひ人笑ふ

七月十五日、梅雨が明けた。梅雨が開けると容赦なく太陽が照りつけた。
近くの山道には合歓の花が咲いていた。薄紅色の糸状の花弁が扇のように開いている。花弁は女性がつける頬紅の刷毛に似ている。

夏風邪を引いてゐるともゐないとも

七月に詠んだこの句は八月二十七日「朝日新聞大和俳壇」巻頭で掲載されている。

「夏風邪はどうもすっきりしないもの。その様子に『引いてゐるともゐないとも』と口語でさらりと表現したのも夏風邪にふさわしいといってよい」と、茨木和生は褒めた。

夏空に黒揚羽が優雅に飛んでいる。

まさこの家の軒に巣を造っていた燕が、夏の終わりに子燕を従えて帰って行く。

毬といふ針千本より栗生まる

栗山への獣道は中身のない毬が落ちている。この年は豊年だ。

栗拾いに飽きたときは毬を剥くようにした。豊年で嬉しいがどちらも根気のいる老いのひと仕事である。

特大のシャツを着せられ案山子立つ

秋、稲を啄む鳥を払うため、へのへのもへじの大きな顔をした案山子が大きめの服を着せられ、ぐっと睨みを効かせているが、果たして効果があるのだろうか。

三周忌を済ませたまさこは憔悴していた。傍目からもひとまわりもふたまわりも小さくなったようにさえ思えた。そんな彼女を案じ、娘らが旅へと誘ったのである。

大独楽や平成の世を回転す

年が明けて、平成二十二（二〇一〇）年度が回り始めた。ひと握りの目に見えない巨大な力が平成の世を回しているかのようである。

卓上に恋の散りばむ歌留多かな

お正月、娘達が婿や孫を伴って帰ってきた。お年玉を孫にあげたり、中学生になった孫たちと百人一首の歌留多とりをした。

庭に植えたチューリップの芽をまさこはうっかりと踏み、土を寄せることもあった。

俳句を投函するのにポストへ向かう道には、縮まりて歩く我が影にまだ春が遠かった。しかし帰り道、大地に屈んで見るとぺんぺん草が白い四弁の小花をつけている。

六田の柳の渡しでは猫柳がもう芽吹いている。吉野の河原から採って来た猫柳は、まさこの部屋の灯の下で銀色に光っていた。

仏へもバレンタインデーの贈り物

二月十四日、夫や両親にチョコレートを供えたのである。

吉野郷いづこも杉の花粉とぶ

この句は「毎日新聞大和俳壇」巻頭で三月十二日に掲載された。「さすがは杉の吉野である。花粉が充満している。土地の人々は平気のように見えつよいなあと思う」と、山口峰玉は言う。

二月の末頃から花粉の季節となる。杉、檜の多い吉野はまた花粉も大量に飛ぶ。車の屋根が花粉に一面覆われていることもある。

三椏の花の香も乗る吉野発

三月十七日に行われた「一傘会」の句会に三椏を持って行った。毎回お花を持参できるのは彼女にとって嬉しいこと。彼女の横に座った人は三椏の香りに包まれながら大阪まで行くことができ、幸運な時を過ごしたことだろう。

この年の四月十五日、日本EU俳句友好大使のファンロンパイは、過去六年間の俳句、四十篇を纏めて俳壇デビューをした。

俳句は江戸時代にオランダに伝わったとされている。

訪へば留守裏へ廻れば葱坊主

四月に詠んだこの句は「毎日新聞大和俳壇」巻頭で五月十日掲載された。

「葱坊主のあっけらかんとした姿形が留守に訪ねた落胆を救っている」と、西村和子は評価した。

葱坊主の中身は葱の花である。つんと立った袋状の苞を坊主頭に見たてた。中には白い小花が球状に咲いている。主婦は畑の端や、プランターなどで薬味をきらさないように植えている。

大春子師の写し絵に捧げけり

四月の「未央」の句会に、まさこは春子を持参し、「岩垣子鹿」先生の遺影にお供えをした。

春子とは春に取れる椎茸をいう。椎茸の上がる時期によって春子、秋子という。木から椎茸をもぐ時、ぎいっと泣くような音がした。親である木から離れがたく春子が泣いているかのようにも聞こえる。

万緑を右に左に吉野線

若葉、青葉の季節、吉野線は草木が線路間近まで伸びていることがある。窓越しに草木が進行する電車に擦れてくる。自分の顔にまるで小枝が跳ねてくるかのようだ。

梅雨の蝶大阪行きにまぎれ来る

この句は六月二十五日「毎日新聞大和俳壇」巻頭で掲載された。
「作者は吉野の岩田さんである。出発駅で蝶が一匹まぎれ込んでいる。さてどうなるか。無事に野外へ出られるか。駅構内に出ても最後はどうなるか心配ごとが一つできた」と、山口峰玉はいう。

み吉野の川を舞台に夕河鹿

吉野は道沿いに田んぼがある。蛙の合唱も夜な夜な盛大だ。川を挟んで蛙の合唱団の出番となる。

梅雨が通り過ぎた吉野の夏、夕立は激しくなった。スコールのような雨が降ってくる。

そこここにムンクの叫び蟬の骸

夕立の時期には蟬が鳴いている。古木の多い彼女の家の周りの木には、蟬の抜け殻をあちこちで見かける。山風に小判草が戯れている。軒に吊るした風鈴は吹き降ろす風に心地良い音色を響かせた。

はたおりの片足のこし飛び去りぬ

八月に詠んだこの句は、九月十七日「毎日新聞大和俳壇」巻頭で掲載された。

「片足残し去りにけり。一瞬何ごとかと思う。昆虫の世界ではよく見る情景である。片足ぐらい無くなっても平気で飛び去ることに驚く」と、山口峰玉の選評である。

はたおりとは螽斯のことである。ぎっちょんと鳴き、機織を踏む音に似ている。

九月二十日、まさこは八十八歳となった。娘夫婦や孫、ひ孫に囲まれ、祝いの品や、ケーキを食べ、この上ない長寿の喜びを噛み締めたことだろう。

米寿は人生にとって特別な意味を持つようである。この日は菊の見頃であった。

菊日和八十八の誕生日

十月三日、今年新調した長靴を履いて栗山に行った。やや寒のこの日、夫の形見であるチョッキを着て、その新調の長靴を履いて。途中の獣道には栗の毬ばかりが残されていた。猿か猪かが既に賞味している。

鳥の来て紫式部かどはかす

吉野の地道には紫式部をよく見かける。その実に鳥が近寄って来た。

晩秋の吉野は陽が落ちるとずしんとした寒さを感じる。彼女の家の前には山が、横には小川が、後ろには吉野川が控えているからなお体に堪えた。

色付いた銀杏は散って、日増しに針金のような枝と太い幹だけになっていった。

柊の花は吉野の香りして

十一月の「二土会」の句会にまさこは柊を持参した。彼女の横に腰掛けた人は、思わぬ柊の香りに包まれたことだろう。

ダムとなる母の故郷笹子鳴く

この句は十一月六日、「伝統俳句」関西投句箱で特選となった。何度か推敲している。笹子とは冬、鶯が上手く鳴けず、チャッチャッと小さく鳴くことをいう。いわば囀りの練習期間である。

年の瀬がきた。彼女は夫の着ていた衣服には執着があってなかなか捨てられなかった。あっちに入れたりこっちに入れたりの繰り返しで、時間だけが過ぎていく。

洋服を見れば家族で出かけた夫との楽しい思い出が甦る。年越しという時期だけに気持ちが先走った。

大和発八十八の初句会

平成二十三（二〇一一）年一月五日に、初めての句会に参加した。始発の優先座席は底冷えがする。乗客のいない車両は暖房を入れてあってもそれほど暖かくない。

人の背に付き背に付かれ初戎

一月十日の今宮戎に行った。吉野の真冬は最上級の寒さである。吉野の川風、山風は容赦なく吹く。春よ飛んで来いと言いたくなるような冷たさである。

老いて子に従ひながら春を待つ

二月の「未央」の句会には蘭に似た香りの臘梅を持って行った。臘細工のような光沢のある花が咲く。蕾はまん丸で物に触れるとぽろぽろと落ちる。この日は寒晴れだ。

金の城どんと居座り寒日和

この年は雪がよく降った。山は眠るかのように深々とし、獣たちの足跡が雪の上に残っている。吉野の大地は春の雪の下で、静かに時を待っていた。

山かけてほのかに紅し桜の芽

そんな中、吉野山の桜の芽は、うっすらと赤くなり始めたようだ。

この頃、出した手紙が戻ってきた。まさこの切手の貼り忘れである。今までこんなことは無かった。年齢のせいにしたくはないが……

自宅の庭には黄水仙や花馬酔木が咲き、三椏が香り始めた。三椏の香りは、静御前の香りのようにまさこには思えたのである。

散り来るを襟元に止め花衣

四月七日の句会場への途中、行き交う人達は花見に行くかのようだ。句会場では桜餅の香りが部屋に充満している。

囀の上から横から後ろから

四月に詠んだこの句は六月二十四日「朝日新聞大和俳壇」巻頭で掲載された。

「春はたけなわ、山の木々は小鳥の囀りで賑やかである。その囀りのにぎやかさを、作者は横から、後ろから聞こえたと描写することで実感のあるものになった」と、茨木和生は褒めた。花時、次々と小鳥が来て美声を披露する。まるで鳥の独唱を聴いているかのようなひと時である。元気な八十八歳は囀りを浴びながら、投稿用の葉書を持っていそいそとポストへと向かうのであった。

第十三章

残　花

苔を着し阿吽狛犬寒の宮

平成二十四（二〇一二）年新春、まさこ一家は初詣に行った。長年、神社の入口にいる狛犬は苔を纏っていた。入口に建てられている二つの狛犬の一方は「阿」で口を開けている。「吽」は口を閉じており一対である。

十六冊目の句帖の一枚目には、九十代を生きる心情を彼女は詠んでいた。

折々の句も折り交ぜし日記果つ

この句は一月二十四日「朝日新聞大和俳壇」巻頭で掲載された。

「毎日書き続けている日記だが、その時その時にふさわしい句を書き添えている。何句ぐらい書いておられるのかは分からないが、その日記も最後となった。思い出のいっぱい詰まった日記だが、句も書いてあるだけに作者にとって何よりの宝物」と、茨木和生は称讃する。

日記をつけるその時に今日詠んだ俳句をまさこは書き添える。

そう言えば彼女は何年来と日記をつけていると話していたことがあった。

二時間をかけて恵方の句会へと

一月十四日の句会へは、片道二時間をかけた。大寒へと向かうこの時期、洗濯物は凍てるような外気に突っ張っている。家の近くにある木工所からは、寒風の流れに煙が飛んできたりした。大霜の吉野をたって都会に近い句会場は晴れて暖かい。

幾万の力を城へ桜の芽

二月の「未央」の句会では桜の芽を詠んでいる。桜は花時に備え、人知れず準備をしていた。摩滅しそうな石仏の周り一面に犬ふぐりが咲き、家の横を流れる小川からは快い水音が聞こえる。真冬の晴天に、畑の草を引き耕した。彼女の背にあたる太陽は気持ちよく、夕日のあるうちは畑にいられた。

はるかなる金剛山《こごせ》を背負ひ冬耕す

耕している畑からは金剛山が見える。頭上遥か上には飛行機が行き交い、おおきな雲がふわりふわりと動いていた。道端には蒲公英の黄色が、青空に咲き誇っている。

啓蟄や夢からさめて生きてをり

冬眠から目覚めた生き物たちは、この世の風や、鳥の囀り、花の香りに、生き生きとした世界を味わう。人間もまた、この世へ使命を帯びてほんの一瞬だけ生かされ誕生した存在のように思える。悠久の流れの中で、一瞬のような時を喜怒哀楽の中に生き、人間はその妙味を吸収しているのではないだろうか。

江戸偲ぶ山紫水明雛飾る

まさこの誕生を祝って、彼女の母の実家から祝いに贈られたお雛様なのだろう。お雛様もまた世相を反映している。

下千本中千本の残花かな

四月に詠んだこの句は「朝日新聞大和俳壇」巻頭で五月十七日に掲載された。

「花どきは過ぎているが、まだ散り残っている花が残花である。吉野山の花は山桜だから、残花の趣もまたよい。この句は下千本中千本の残花を詠んでいるが、散り始めている上千本の花を咲き誇っている奥千本の花を思い描かされてくれる。巧みな表現で光景を開いている佳句だといってよい」と、茨木和生は褒めている。

この句は平成二十四年度巻頭賞を受賞し、記念大盾と証書を頂戴した。

鉄砲百合吾に砲口向けてあり

新緑の山々は一雨ごとに生き生きとし吉野杉、檜は勢いよく水を吸い上げていく。

葉書を投函する途中、彼女が日傘をさして歩いているとダンプに煽られた。

百合の季節、石垣に咲いている真っ白な花をじっと彼女は眺めていた。口の開いた花先はまるで自分に砲口を向けているかのように思える。反対側の植え込みの周りには蜘蛛が獲物を狙って、小さな網を幾重にも張り巡らしていた。

風鈴の音に嬰児手足振り

六月、まさこにひ孫が誕生したのである。ひ孫を眺め、将来どんな子に成長するのだろうかと想像する。ひ孫の成人した姿を見ることは到底叶わないが、どんな娘になるのだろうかと思うだけで夢が膨らんだ。

お腹がいっぱいになったひ孫は気持ち良さそうにまた眠りはじめた。

昨今は地球温暖化で吉野も暑い。畑では太陽のひと雫を頂いたかのように、ミニトマトが熟れている。日中は暑くて散歩が出来ない彼女は、毎朝、散歩していた。

道に桐の葉が落ちていた。彼女はふと立ち止まった。気づくと今日は八月十五日、終戦記念日である。

つまべにや玉音聞きし日も遠し

つまべにとは鳳仙花のことである。鳳仙花は赤、白、紫等が咲く。花弁を揉みつぶして爪を染めたので爪紅という。幼き日、まさこはこの花で遊んだのだろう。

蝶結び太鼓結びの踊の輪

吉野の盆は八月である。この時は過疎の村も賑わう。嫁いだ子や孫、ひ孫なども墓参りを兼ねて帰郷した。夕暮れから、櫓の上では太鼓を叩いたり音頭をとったりして踊りの輪が広がる。あの世から古人も盆踊りを見ているのかも知れない。

蝶結びや太鼓結びの浴衣姿の女たちが見違えるように華やいでいた。

俳諧は世の宝とぞ生身魂

生身魂は秋の季語である。盆の間に、生きている「御霊」、年取った両親、主人、親方等の目上の者の長寿を祈り、供養し、その力を分け与えてもらおうと祝うこと。また、その祝われる長寿者をいうのだそうだ。彼女の俳句に対する今の心境であろうか。

九十の皺の手吾亦紅を持つ

彼女はいつも清楚な身だしなみをしている。しみ、皺があるのだろうが分かりにくい。顔にはオリーブオイルだけを付けているというが白く透けるように肌が綺麗である。句会に同席したことは無いが、参加する時はさりげなくお洒落をして行くのだろう。

口紅をつけるだけで女性は華やいで見える。

ペットボトル百をぶら下げ鳥威

白露の季節、家の前の自販機では煙草のつり銭の音がした。田舎の畑のあちこちには、ペットボトルがぶら下がっていた。実りの秋に備え鳥よけ獣避けのペットボトルが、風にガチャガチャと賑やかな音を立てる。人間と獣との知恵比べが既に始まっていた。

その人の魂せまりくる文化展

今日は十一月三日、空はどこまでも晴れ渡り、住めば都、吉野は「ええとこ」だとまさこはつくづく思うようになった。町では毎年、町民文化祭を催していた。作品には、写真、水彩画、書道、陶芸、絵画、ちぎり絵、木工、俳句、短歌、川柳等、展示されていた。

ひそやかに花閉づ芙蓉夕茜

展示品の中に「吉野絵」「吉野塗」というのがあった。盆や味噌汁椀などに吉野絵が描かれている。吉野絵は木芙蓉を文様化したもの。木芙蓉は芙蓉ともいう。黒の漆地に朱漆で文様化した芙蓉を描いた漆絵である。この図柄が「吉野塗」の特徴であることから「吉野絵」と言われている。文様化した芙蓉は、千利休が好んだ茶道具の図柄とも伝えられている。その工房が吉野町上市にある。この工房から「平城遷都千三百年祭」の記念品が、採用されたのである。吉野は身近な所に文化が息づく町だ。

七五三十指を広げて歩きをり

七五三の子供のようすが良くわかる句でる。女児の帯が歪んでいたり、草履を脱いで拗ね、帰りは靴という姿も見る。十月末頃から神社には親に手を引かれ、着物姿の子供が参拝する姿が見られた。幼子の着物姿を見ていると雅な気持ちになり、日本文化を再認識させられる。親の喜びを子供の和服に反映しているかのように思えてならない。

夜長の灯ぐんと近づけ辞書を引く

彼女は眼鏡をかけていない。よく本を読んでいるようだが眼鏡なしで読めるのは羨ましい限りである。また電子辞書も使いこなしていた。

御先祖の眠る山より初日出

平成二十五(二〇一三)年一月一日に詠んだこの句は「毎日新聞大和俳壇」巻頭で掲載された。「御先祖の墓のある山。そこから今出てくる。今年も御先祖が見守って下さるだろう。ありがたい初日である」と、村手圭子の言葉である。

初日に向かってまさこは合掌した。今年も一家一族が健康で過ごせますように。また不幸ごと、悲しみごとが無きようにと頭を垂れた。遠くまで初日を見に行かなくとも自分の家から拝める。老いた彼女にとって嬉しいことだ。

石段の百段登り寒詣

一月十日、卒寿を感謝して住吉大社に寒参りをした。懐かしいちんちん電車に乗る。住吉大社を詣でる人の石畳を歩く靴音が、大寒に高く響いていた。

やや寒の釣人杭になつてをり

この句は「未央」一月号で詠んでいる。

「釣人の微動だにしない姿をあたかも水中に散在する杭の一つと見た作者。釣果を追って孤独とも見える釣を『杭になつてをり』と大胆に表現したが『やや寒』の季題を実に的確に言い得た佳句と言える」と、石川治子の褒め言葉である。

外は歩いても立ち止まっても息が白い吉野。真冬のこんな時になんの魚を狙っているのだろうか。余程釣りが好きなのだろう。

彼女は吉野川が見える自宅の窓側に座り、釣人のようすをじっと観察していたのだ。

寒卵生みてレグホンこつこつこつこつこー

元気な鶏が「こっこっこっ」と鳴きながら、飼い主に報告している姿が想像できる。

梅見とて九十歳の六千歩

寒さに外出を控えていたが、梅が咲いたと聞けば彼女はじっとしていられない。梅見に俳句の会にと、いそいそと出かける彼女。日々の六千歩が矍鑠たる姿を想像させる。喋っても歩いても決して九十には見えない吉野の俳人である。来る時は自分独りだが、梅の香りに大勢の人が集まって来る。大勢の人に会えるのが嬉しかった。

細き尾をくるりと回し初音かな

早春の頃、まさこの家の近くで毎年初音が聞こえた。推敲のペンを休め聞き入っていたのだろう。もしかしたら初音の瞬間を見たのかも知れない。

振れば泣く土が恋しと種袋

この時、まさこの家では種袋も販売していた。彼女が店番をしている時にこの句は生まれたのだろう。軽くて米粒程の小さな種に、花や野菜の未来が詰まっているのは不思議だ。

まもなく梨の袋がけの時期。隣町で梨を栽培している親戚の老父は、樹齢五十年の梨山をひとりで守っていた。

袋掛け農夫の思ひ一途なる

袋がけをまさこは手伝っていた。広大な梨山は、収穫するまでにスプリンクラーで二十回は消毒する。少なくとも二度の袋掛けを行う。葉が虫に食われると実が成長しないからだ。葉は光合成になくてはならない。農夫の苦労の一端を知ったのである。

ジーパンの縦横破れゐて涼し

句会に行く途中、電車に乗って来た若者が、彼女の前の吊皮に掴まった。ジーパン青年の脚が、まさこの目の前にある。彼女が育った時代には考えられなかったジーパンの破れ加工である。

目の合ひし蜥蜴素早く身を隠す

まさこの庭には蜥蜴が隠れていることがある。顔だけ見ると蛇かと見間違える。
九月二十日、彼女は誕生日を迎えた。九十歳を越すと誕生日が嬉しいのだろうか……翌日、栗山に向かう途中の一軒家の周りに、一面のコスモスが山風になびいていた。

毬栗のはじけて山の静破る

この年の十一月、日本EU俳句友好大使のファンロンパイが松山市を訪問された。近代俳句の祖、正岡子規の生誕地であることから近代俳句の発祥の地とされ、「俳都・松山」と呼ばれている。

彼は二冊目の句集を竹田美喜館長に手渡しされた。序文にこう記している。

「（略）……無限の宇宙にあって、人間は無常の存在であることを痛感するものです。人間が偉大でなりえる世界はこの俗世界のみです。……」

第十四章

吉野人

平成二十六（二〇一四）年新年、まさこは万両を詠んでいた。

父母に計れぬ感謝実万両

持山から万両を切ってきて、床の間に飾ったのである。山々は深い眠りに付いていた。まさこは電車を乗り継いで、今年初めての句会、河内長野へ向かっていた。彼女は寒さに着膨れていた。

健康の薬は俳句一茶の忌

俳句を詠むことは頭を使う。句会に参加するには電車の乗り継ぎと、階段の上り下りがあり、足腰が鍛えられた。まさこは俳句に力をもらい、若さをもらっている。

みよしのの流れに研く猫柳

平成二十六（二〇一四）年三月四日、第六回「藤岡玉骨記念」俳句大会が行われ、この句は上辻蒼人選で「朝日新聞社賞」を受賞し、賞状と記念品をまさこは頂いた。

大会は奈良県五條市にある藤岡家住宅の大広間で行われた。応募総数五百四十一篇の中から、この句が選ばれたのである。

年用意先づは亡夫の書斎より

「俳句四季」四月号でこの句は特選となった。

「年用意。新年を迎えるために煤払いや、新しい設えをすること。作者はその用意を、まず亡き夫の書斎からすると詠う。ということは、その部屋が夫の生きていた頃のままに今も置いているということなのだろう。その事だけでも、亡き夫への深い思慕が感じられる。増してや、いの一番にその書斎から年用意を始めるという作者。夫への今も失せぬ愛情がしみじみと伝わってくる一句である」と、古賀しぐれは褒めた。

まさこの言葉も写真入りで掲載されている。

「この度、古賀しぐれ先生に『俳句四季』という大舞台の特選を頂き、ありがとうございます。人生終わりに近く、長年俳句を続けられたのは、先代、現代の先生のお陰と、感謝致しております。俳句とは、私には神仏であり、吾が心の埃を祓うていただける唯一の授かりものであると信じて止みません。人間の怒哀を調節してくれるのが俳句と信じ、今日に至っております。」

彼女は何と謙虚な方であろうか。九十を過ぎて私が生きていたら、果たしてこのような言葉を言えるだろうか。

一枚の青空広げチューリップ

この句は「毎日新聞大和俳壇」巻頭で四月十七日掲載された。「色とりどりのチューリップが整列する花壇。真っ青な空がその上に広がる。『一枚の青空』という表現が新鮮」と、村手圭子は褒める。

彼女の庭には赤、白、黄色のチューリップが春風に踊っていた。

子等嬉嬉と新樹の下の滑り台

日課としている一日六千歩の散歩の途中、保育園児らが若葉の下の滑り台で燥ぐ姿を捉えていた。

今年も家の傍の小川から、蛍が舞った。数は多くないが夏の毎夜の楽しみである。

仏めく巌よりにじみ出る清水

吉野の谷川には仏の顔をしたような存在感のある巌がある。そこから清水がかすかに滲み出ていた。

畑では秋茄子が実り、曲がった胡瓜がぶら下がり、捻れた大根も収穫した。

秋天へ貼り付いてゐる大欅

この秋、毎日見る彼女の手鏡の中にも鯖雲が映っている。

句短冊ずらりと掛かり文化の日

十一月三日、今年の文化の日がきた。文化の日も大正、昭和、平成へと受け継がれた。まさこはその時の文化の日を生きてきた。銀杏葉は色付き、それが散る音も彼女の耳には快い。枯葉は、未来の吉野の大地をつくるのである。

初景色藍の輝く吉野川

平成二十七（二〇一五）年の新年を迎えた。窓越しに藍色に輝く吉野川をまさこはじっと眺めていた。

この日、風花が舞い吉野にいっそうの風情を添える。

両手挙ぐ勇者の像や寒日和

脚の達者なまさこは、吟行で大阪城公園へ行った。すれ違った赤いコートの女性は寒風の中、颯爽と追い越して行く。彼女は襟巻きを立て、慕情の城を仰ぎ句を認めていた。

水筒を枝にぶら下げ耕せる

寒い時期の晴れた風のない日、彼女は水筒を持参して畑へ行く。青空に欅の芽が透けて見える。庭にはもう蕗の薹が地面を押し上げていた。六田の柳の渡しでは初々しい柳が芽吹いている。土をしっかりと掴んだ桜の走り根は、花時を迎える準備をしていた。

雛あられ持寄り老の句座楽し

節句が近くなった河内長野の句会に参加した前列には、持ち寄った雛あられが陣取っている。

よちよちと赤い靴来るつくづくし

暫くぶりにひ孫が大阪から来た。赤い靴を履いてにこにこしているひ孫。家の前で腰を屈めて待っている彼女のもとへよちよちしながら来る。ひ孫の笑顔は最高の土産であった。

桜が去った吉野の山には白や紫の藤が風と戯れている。

美吉野橋を渡る風は爽やかで、吉野の稜線は雨降るごとに緑色を増し逞しくなっていく。

若葉の季節、再びひ孫が来た。少し見ぬ間に大きくなっている。

一人で歩けるようになったひ孫は、母親のヒールを履き楽しそうに遊んでいた。二人は玩具の取り合いをした。思うようにならないと泣いて勝とうとする。

駄駄こねし児が苺見て泣き止みぬ

大好きな苺を見てひ孫は泣きやむ。彼女にとって誰よりもいとおしい。ひ孫が帰った後、彼女は玄関に夏薊を活けた。赤紫の薊は水を吸い上げ旬を誇っている。

十一月、久しぶりに、私はまさこの家を訪問した。その時、同居している娘婿が亡くなって間がなかったようだ。町役場は、通夜と葬儀を有線放送している。私も気をつけて聞いているが、放送された人が、彼女の娘婿であったとは思いもよらなかった。

「最初にお母様を亡くされ、次にお父様を亡くされ、そしてご主人を亡くされ、この度娘婿さんを亡くされましたが、悲しみは違いますか」

と、私は尋ねてみた。

「最初に亡くなったのは祖母でした。小さい頃は人が死ぬということがよくわからなかったです。夫が亡くなった時が一番辛かったです。四人の娘を大事にしてくれましたから。娘婿はとても親切にしてくれたのですよ。娘はバイクにしか乗れないので、私の病院の送迎は、ずっとしてくれました。朝、元気に出かけ、亡くなって娘婿は戻ってきました。未だ逝って一週間余りで、一番辛いのは娘自身ですから」

まさこも夫を亡くした時が一番辛かったから、娘の気持ちが充分にわかるのだろう。

この時、浮腫ぎみのまさこは体調が良くなかったようである。

「机の前に座って、見かけだけでも元気にしてないと娘が心配しますので」

短い髪を整え、彼女はエプロンをしていた。

玄関を入って直ぐの所は、以前からの荒物商品がある。今年入荷した種袋も並んでいる。室内の通路の左側、三畳ほどが彼女の書斎のようだ。本棚には歳時記と植物図鑑が並び、まん中に回転椅子があり、机の上には推敲中のノートが広げられていた。

門松や人の出入りに傾けり

平成二十八（二〇一六）年、新年に詠んだ句である。年末年始に人の出入りの多い彼女の家の門松は、その方向へと僅かに傾いていた。

父母眠る山からは梟の鳴く声が聞こえてくる。寒空に黄水仙の蕾が宿ろうとしていた。

この頃から、まさこの体調はすぐれなかったようだ。

五月頃から入退院を繰り返すが、その中でも詠んでいたのである。

ひいまごのいないいないばあ青簾

「未央」九月号「雲母の小筥」に、松田吉上選でこの句は取り上げられた。まさこの退院を知った私は、直ぐにお見舞いに伺った。

元気いっぱいのひ孫が二人。彼女に纏わりついているかのようにいる。

彼女は「未央」九月号「雲母の小筥」に掲載された句の話をされた。

「ひ孫が、こうしてカーテンを揺らしながら私を見るんです。カーテンを青簾に見立てて詠んだのですよ」

白いレースのカーテンを見ながら笑顔で話される彼女は、色白になられたかと思うくらいで、後は変わりがないように思えたが。初めてあった二人の女児を見て、私は尋ねた。

「年子さんですか」

「双子なんですよ。二卵性双生児です」

いつも母親を支えている彼女の長女が答えた。ひとりは父親似で、もう一人は母親似のようである。

「上の子は、父親がズボンのポケットから携帯を取り出して、商談しているのを真似るんです。誰と話しているのかと思うくらいの口調で、よく見ているんですね。小さくても」

同居している長女がそう言う。長女には一男一女がいる。ここにいるのは長男の子供だ。

「私の孫も二歳になったばかりの女の子で、この子たちとよく似た背丈です」

二人に、私は話した。

「この夏、東京から孫が来たのでおやつにビスコをあげたのです。ひとつだけあげて、後は応接間の高いところに置いて帰りました」

「私もね、ひ孫に大箱のビスコをあげたら喜ぶと思って用意していたのですよ。封も切らずにそのまま置いて帰りました。今時の母親は、私が子育てしたときとは違うのですね」

まさこは頭を傾げた。

「息子に孫のおやつをどう選べばいいのか聞いたんです。果物と添加物のないものが良いと。アイスなどの甘いものは一度覚えると欲しがるから、良くないと言うんです」

私は息子との内容を伝えた。

「最近の若い母親の考えは一緒なんですね」

と、まさこが言い、一緒に笑った。

生かされてゐること感謝初手水

平成二十九（二〇一七）年新年に詠んだまさこの句である。

同年一月、俳人で知られている日本EU俳句友好大使のヘルマン・ファンロンパイが来日した。第三回「平城遷都千三百年記念アジア・コスモポリタン賞」の受賞式が行われ、彼は文化賞を受賞している。一月十五日、彼は春日野国際フォーラムで授賞式が行われた後、ユネスコ登録支援スピーチを行っていた。

まさこはこの年から自宅で過ごす時間がめっきりと増えてきた。吟行に参加するには、なお時間がかかりそうである。

立話沈丁の香の流れきし

三月十六日、「春星会」六十回目で詠んだ句である。この時も体調を考慮して郵送した。

川向ひあの芽この芽の木の元気

三月十八日にまさこが十五句を詠んでいた中の、印象深い句である。この日は体調が良かったのだろう。十九、二十、二十一日は空欄になっていた。

みよしのの川逆上る鴨の列

二十二日に詠んだ句である。この日は十三句詠んでいる。その後、ノートは空欄となっている。この春以降、彼女は思っても見なかった入退院を繰り返すことになる。

冬の山川は流れて庭の賛

平成三十（二〇一八）年一月号の「広報よしの」にこの句は掲載された。俳句への情熱が失せたのかと案じていた矢先、九十五歳の彼女は不死鳥のように甦ったのである。

この年から更に体力が落ち、夏頃からデイサービスに行くようになる。ポシェットにはいつも鉛筆と小さな手帳が入っていた。

令和に入ってからは視力が衰え、殆ど詠まれなかったようである。

令和元（二〇一九）年盆より入院していたまさこは、惜春の大地に別れを告げ、夫の元へと旅立った。

平凡な一主婦の非凡な情熱は、七十年余りに渡り貪欲なまでに、十七文字の世界に生き切ったのである。

生まれ育った吉野を生涯、離れることがなかった。咲き誇る桜が人々を魅了するかのように、彼女は吉野の大地に惹かれたのであろう。

「俳句文芸」創刊五周年を記念した「俳句文芸作家選集Ⅱ」で、当時七十四歳のまさこは「喜び」と題して次の言葉を残している。

生涯、俳句を詠み続けた彼女の真髄のように思われるのである。


「……俳句とは、宇宙の縮図であり、極まりない宇宙の感動を発見して、詠み上げて、共に喜ぶこと。ここに来て、やっぱり、自然を俳句に託して、私なりの、生かされている喜びを、たどたどしくも、掴んでゆきたいとおもっています。」

あとがき

吉野が生み育てた俳人、岩田まさこさんに初めてお会いしたのは平成二十七（二〇一五）年の秋のことである。

人なつこい笑顔に私はすっぽりと飲み込まれてしまった。

私の母より一歳上の彼女は、この時九十歳を超えていたが決してそんなお年には見えなかった。

俳句を詠んで七十年余りになるとうかがった。しかも中村汀女を師に。こんな身近なところに文化人がいたことに私は驚いた。

俳句初歩の人には詠むきっかけになってもらいたいとの思いから、彼女が「主婦の友通信講座」で精進されていた頃の、中村汀女の添削を入れさせて頂いた。

ベテランの方には更に快い刺激となって頂ければ嬉しい限りである。

生涯、彼女が吉野に住み続けたからこそ詠めた俳句も多いことであろう。

後年、迸る感性で特選句、巻頭句を次々と生み出した。

俳句は、「怒哀」を調節してくれると宣う彼女。平凡な一主婦の非凡な情熱に、私はすっかり魅了された。

古賀しぐれ先生、序文を有難うございました。「未央」の小井川和子氏には校正で大変お世話になりました。また今日まで私を支え励まして下さった山田郁子氏はじめ、この作品を世に問う機会を与えて下さった方々に、心よりお礼申し上げます。

生かされている時間を、岩田まさこさんのように命を燃やして生きていきたいと思いました。

合掌

令和四年四月一日記　宮川　美枝子

岩田まさこ

【岩田まさこ　年譜及び代表俳句と選者】

《年譜》

大正十二年　九月二十日出生（〇歳）
昭和十一年　初めて俳句詠む（十二歳）
昭和十七年　下市小学校代用教員
昭和十八年　林材会社勤務（二十歳）
昭和十九年　結婚（二十一歳）
昭和二十年　長女誕生
昭和二十二年　次女誕生
昭和二十五年　三女誕生
昭和三十六年　四女誕生
昭和三十九年　株式会社「竹屋工作所」勤務（四十歳）
昭和四十五年　主婦の友主催中村汀女「通信俳句講座」入会（四十六歳）

《代表俳句と選者》

昭和五十六年四月二十七日　第二十回俳人協会主催全国俳句大会特選

またしても己が値札倒す蟹　香西　照雄

昭和五十六年　主婦の友十一月・十二月号より優秀賞

后陵拝む濠前夏あざみ　中村　汀女

昭和五十七年十二月二十日　母逝去（五十八歳）

昭和五十七年八月八日　朝日新聞大和俳壇巻頭

濃霧来てまた虎の尾を隠したり　右城　暮石

昭和六十年六月三日　婦人通信俳句年間秀句

目高にも影つき添ひて可愛らし　森脇　宵子

昭和六十一年二月号　大阪府社会保険俳壇「初詣」兼題第三位

頂いてゆく月まどか初詣　後藤比奈夫

平成二年十月二日　俳句四季特選

菜園に音譜のごとく秋の蝶　高木　石子

平成三年一月十四日　父逝去（六十八歳）

平成五年七月二十五日　天理時報巻頭

蟬生れて神給ふ翅美しき　あおきあきお

平成六年二月八日　俳句文芸特選

太陽に頭かしげて蕗の薹　長谷川　櫂

平成六年三月五日　毎日俳壇特選

枯芭蕉なれどもほのとみどり持つ　鷹羽　狩行

平成六年十一月二十六日　朝日新聞大和俳壇十一月奨励賞

若者に交る研修秋灯下　津田　清子

平成九年五月三日　第十四回日本伝統俳句協会関西支部特選一席

万緑の輿に乗りたる天守閣　吉年　虹二

平成十年七月七日　俳句文芸特選

走つてるつもり亀の子首を振り　塩川　雄三

平成十年十一月九日　俳句文芸特選

冬鹿のぬた場よごれに人よらず　辻　桃子

平成十四年八月八日　俳句文芸特選

一葉落つ任せ切つたる水の旅　稲畑廣太郎

平成十五年八月十八日　毎日新聞大和俳壇十五年度年間優秀佳作

鉦叩き延拍子はた早拍子　山口　峰玉

平成十六年七月二十日　俳句文芸特選

腰曲げて勾玉振りの胡瓜かな　那須　淳男

平成十七年五月六日　第九十五回大阪俳人クラブ特選

青嵐山は発酵してをりぬ　小泉八重子

平成十七年十一月十二日　俳句文芸特選

小春日は吾輩のもの縁の猫　山下　美典

平成十七年十一月十八日　第百八回大阪俳人クラブ特選

すべての手広げてをりし花八つ手　福田　基

平成十九年四月二十八日　夫逝去（八十四歳）

平成十九年五月二十七日　俳句文芸特選

女郎蜘蛛おのれ信じて下り来し　阿部ひろし

平成二十年八月三十日　花鳥諷詠特選

美しき風の化身の乱れ萩　稲畑　汀子

平成二十一年四月二日　未央巻頭

山風に花の万朶のもだえをり　岩垣　子鹿

平成二十一年十二月三十一日　ザ・俳句十万人歳時記　冬

稜線をゆつくりすべる冬の月　有馬朗人　金子兜太、廣瀬直人、宇多喜代子　監修

平成二十二年五月十日　毎日新聞大和俳壇巻頭

訪へば留守裏へ廻れば葱坊主　西村　和子

平成二十四年五月十七日　朝日新聞大和俳壇二十四年度巻頭賞受賞

下千本中千本の残花かな　茨木　和生

平成二十五年十二月十日　俳句四季特選

年用意先づは亡夫の書斎より　古賀しぐれ

平成二十六年三月四日　第六回藤岡玉骨記念俳句大会朝日新聞社賞受賞

みよしのの流れに研く猫柳　上辻　蒼人

令和元年十一月三十日　まさこ永眠（九十六歳）

【参考文献】

『俳句講座会員第一回合同句集 樹林』一九七二年版　主婦の友通信教室　昭和四十七年五月一日
『風花句集　第三集』　主婦の友文化センター　昭和五十六年一月二十三日
『あおによし　二』　奈良探勝句会編集　昭和五十六年十月一日
『俳句文芸作家選集Ⅱ』　俳句文芸編集部　平成九年七月二十二日
『吉野のくらしとあゆみ』　吉野町教育委員会　平成十四年三月二十九日
『02大阪俳人クラブ合同句集』　大阪俳人クラブ事務局　平成十四年十二月二十日
『大阪俳人クラブ合同句集』　大阪俳人クラブ事務局　平成十八年十一月一日
『ザ・俳句十万人歳時記　冬』　第三書館　平成十九年十二月三十一日
『俳誌「未央」平成二十二年一月号』　未央　平成二十二年一月一日
『俳誌「未央」平成二十八年九月号』　未央　平成二十八年九月一日

『婦人通信俳句』　婦人通信俳句会　平成十三年一月一日から
〃　十一月一日まで
『婦人通信俳句』　婦人通信俳句会　平成十四年一月一日
『婦人通信俳句』　婦人通信俳句会　平成十五年四月一日
『婦人通信俳句』　婦人通信俳句会　平成十年一月一日
『広報よしの』　吉野町役場　平成三十年一月
『よしよし　よしのブック2019初秋号』　吉野町役場　令和元年九月二十五日

各新聞社、俳誌の選評は、岩田まさこ本人が俳句手帖に写し書き、保管していたものを資料として使わせて頂いた。

【著者略歴】

宮川　美枝子（みやがわ　みえこ）

昭和二十二（一九四七）年、奈良県吉野郡吉野町生まれ

旧奈良県立吉野工業高校卒

主婦、二男一女の母

奈良県吉野町在住

日本ペンクラブ会員

《ノンフィクション著作》

「詩の翼をつけて」にて第二回七賢大賞優秀賞受賞、平成四（一九九二）年、七賢出版

「你好《ニイハオ》・麗華」にて第六回愛のサン・ジョルディ賞」最優秀賞受賞、平成七（一九九五）年、APC出版

《ノンフィクション受賞作品掲載》

「第十一回六〇歳のラブレター」、平成二十三（二〇一一）年、NHK出版

「今は亡きあの人へ伝えたい言葉⑷」、平成二十五（二〇一三）年、鎌倉新書、題名「竹ざし」佳作

《俳句・川柳受賞作品》

平成二十六（二〇一四）年、第十一回NPO「ひと粒の真珠」テーマ「真珠と秘密」俳句・川柳部門にて佳作

《詩集著作》

日英バイリンガル詩集「蜩の詩」、平成二十七（二〇一五）年、日本国際詩人協会発行

響き合う東西詩人・詩的対話「彩の二重奏」アゼルバイジャン詩人マーマード・イスマイルと共著、平成二十八（二〇一六）年、日本国際詩人協会発行

惜春の大地　―中村汀女を師と仰いだ吉野人の軌跡

2022年 5 月 3 日　初版第 1 刷発行

著者発行：宮川　美枝子
発　　売：京阪奈情報教育出版株式会社
〒630-8325
奈良市西木辻町139番地の6
URL:http//narahon.com/　Tel:0742-94-4567
印　　刷：共同プリント株式会社

ISBN978-4-87806-825-6